N e u e B ü h n e 30

ドイツ現代戯曲選 ⑯
N e u e B ü h n e

Die Alphabeten

Matthias Zschokke

Ronsosha

文学盲者たち

マティアス・チョッケ

高橋文子［訳］

ドイツ現代戯曲選 16

Neue Bühne

論創社

編集委員◉池田信雄／谷川道子／寺尾格／初見基／平田栄一朗

This translation was sponsored by Goethe-Institut.

GOETHE-INSTITUT

「ドイツ現代戯曲選 30」の刊行はゲーテ・インスティトゥートの助成を受けています。

eg. Lustspiel ¶ Igor Bauersima norway.today ¶ Fritz Kater zeit zu lieben zeit zu sterben ¶ Elfriede Jelinek Macht nichts ¶ Peter Handke Die Stunde da wir nichts voneinander wußten ¶ Einar
e Die Alphabeten ¶ Franz Xaver Kroetz Der Drang ¶ John von Düffel Balkonszenen ¶ Heiner Müller Der Auftrag ¶ Herbert Achternbusch Der Stiefel und sein Socken ¶ Volker Braun Iphig-
erg-Variationen ¶ Dea Loher Tätowierung ¶ Thomas Bernhard Heldenplatz ¶ Elfriede Jelinek Raststätte oder Sie machens alle ¶ Rainer Werner Fassbinder Der Müll, die Stadt und der Tod

目次

Marius von Mayenburg Feuergesicht ¶ Rainer Werner Fassbinder Bremer Freiheit ¶ Peter Turrini Rozznjogd/Rattenjagd ¶ Falk Richter Electronic City ¶ Tankred Dorst Ich, Feuerbach ¶ Thom
Schleef Nietzsche Trilogie ¶ Kathrin Röggla wir schlafen nicht ¶ Rainald Goetz Jeff Koons ¶ Botho Strauß Der Park ¶ Thomas Bernhard Der Theatermacher ¶ René Pollesch Stadt als Beu
enie in Freiheit ¶ Roland Schimmelpfennig Vorher/Nachher ¶ Botho Strauß Schlußchor ¶ Werner Schwab Der reizende Reigen nach dem Reigen des reizenden Herrn Arthur Schnitzler ¶ G

Die Alphabeten

文学盲者たち

登場人物

女性　ズザンナ・ゼルヴァル（受賞者）26歳
警部（バルテンスベルガー）49歳
クランツ夫人　67歳
奥さん　63歳
女
老女
看護師

男性　ザムエル・ゼート博士（独身）47歳

若い男（マルティン）22歳

犯罪者フリッツ　43歳

指揮者つくり　59歳

男

バーテンダー

客

わけ知り

役人、左官、市場の見物人、患者、病院職員

音楽家たち

ある町、現代。

I

カルチャーセンターに転用されたゴシック式の教会。
背景の左右にそれぞれ外へ向かうドアがひとつ。
下手前方、舞台袖の外側に男子トイレ、上手前方に同じく女子トイレ。どちらも手洗い場だけが見える。上手女子トイレの脇からもうひとつの門が外へと続く。

昼間。窓から光の柱が急角度で差しこんでいる。教会のベンチには、他の人に混じって名士たち（クランツ夫人、奥さん、指揮者つくり）、若い男、女性警部。説教壇の下で音楽家たちが演奏している。少し離れて、一人、ザムエル・ゼート博士が座っている。

演奏終了。拍手。

ゼート博士　（立ち上がり、音楽家たちに）ありがとうございます。（出席者に）受賞者の名前を、もうそろそろお教えいたしましょう。（ドアに向かって合図して）ズザンナ・ゼルヴァルさん、どうぞ！

下手後方で脇のドアが開く。ぎらぎらと真昼の光が差しこむ。ズザンナ・ゼルヴァルが厳格な黒服の役人に導かれて入場し、説教壇の方へ向かう。役人は説教壇の階段の横で気を付けをする。

ゼート博士　（ズザンナに手を差し伸べて）あまり大きな期待や希望を抱くことで、あなたの重荷になりたくはありません。これからもお好きなようになさってください。私たちがあなたに期待していることなど、お気になさらないでいてください。ただひとことだけ申し上げます。私はあなたの作品から、逃避するための三十六の方法のうち、最も優れているのは留まるという方法だ、ということを学びました。審査委員会を代表して、感謝します。――おめでとうございます。

深すぎるお辞儀をしてから、ズザンナは説教壇にのぼる。まるで絞首台か、ギロチンにのぼるみたいに蒼ざめて。ゼート博士は着席する。

ズザンナ （懸命に話す）尊敬する皆さま、私はここで、あらゆる形を尽くして、この賞を頂くという、大いなる光栄に、感謝いたすつもりでおります。ある人々は、ものをある場所から別の場所へと運ぶことによって生活しています。例えば、石炭運びなどです。別の人々は、ある場所から別の場所へと運ばれていくことによって生活しています。つまり、受賞者です。人生とは不思議なものですね。

名士たちは脚を組みなおす。

ズザンナ 受賞者というのは、害虫駆除業や畑のネズミ捕りのように珍しい職業です。受賞者は、彼らと同じように大して尊敬されません。その収入も僅かです。それはある職業をきちんと習得したわけでもなく、選び取るというわけでもなく、成り行きでそうなった場合には仕方ありません。受賞者は、ネズミ捕りや害虫駆除業のように死に絶えつつある職業です。ネズミ捕りや害虫駆除業は、毒に取って代わられるのです。

名士たちは脚をもとのように組みなおす。

賞を担うということは、特に骨の折れる仕事ではありません。私たちの仕事は、誇り高く頭をあげて世間の批判を肩に担い、公園や表通りを歩くことです。

名士たちは脚を組みなおす。

受賞者は、友達も自由には選べません。今日はあの人、明日はこの人、ちょうど賞を授ける役が誰に回ってくるかで、変わるのです。そのせいで、私たちは少し不安定で、落ち着かなくて、心変わりしがちで、どちらかと言うと古典的な友情にはふさわしくないのです。——年金を受けるころになって、ようやく私たちも微笑みをかけてもらえるようになります。白髪の受賞者とは、感動的なものです。ですから私のようなつたない受賞者も、みなと同じように、老後の糧を受け取る日を待ち望んでいるのです。

名士たちは落ち着きを失い、また脚を組みなおし、咳をする。指揮者つくりは鼻をかむ。

私は、いかなる賞を受けるのにもふさわしい者となりますように、努力を重ね、瑕もほころびもない身でありたいと思います。

名士たちは脚をあちらへ、こちらへと組みなおす。

私は一流の受賞者であります！　どうか私を他の方々にも推薦してくださるよう、お願いいたします。受賞者にもひどく月並みな出費があることをお忘れなく——トイレットペーパーとか、靴のかかとの修理とか！　これをもちましておいとま致します——終わりです……

極度の努力にもかかわらず、彼女はもう何も思いつかない。お辞儀をし、せかせかと説教壇を下り、はいって来たのと同じドアから教会を去る。役人は――少し躊躇したあと――あとに続く。そのあいだ出席者たちは短い拍手を送る。若い男と警部は上手のドアから教会を去る。音楽家たちは片付ける。名士たちもおしゃべりをしながら上手へ向かう。

クランツ夫人 で、今のがこのシーズン絶対のお奨めだって言うの？――全然じゃない、ねぇ？――昔はもっと面白いスピーチがあったわよね。自分の体験をもっと、なんていうかきれいにまとめて、それぞれの趣味で、いろいろと飾りたてて、ねぇ。スピーチを頼まれたら、そういう話をもっと味わい深く、微に入り細にわたって繰り広げたものよね。――それがいまや……

指揮者つくり 恐ろしく堅かったですね。――味も素っ気もない。全然だめ。――いまどきの若いのときたら！　新しい生き方を発見しなきゃいけないと思いこんでる！――ヒキガエル……とか……鳥とかを見てごらん！　そう、渡り鳥を！　古い世代が南へ飛んだからって、新しい世代が北へ飛びたがるとは限らんでしょう。人間だって動物だから、法則というものに従うのです……

音楽家たちは下手のドアから教会を去る。

奥さん 昔は、なんて言いだすのは賢明じゃないわ。――でも今のはほんとにみっともなかったわね！　本当に、昔は違ったわ。昔のほうが間違いで、趣味が悪いのかもしれないけれど――でも、うちの主人が言うとおり、正しくても死んでいるより間違って生きているほうがまし、でしょう。

最後の言葉とともに彼らも上手から教会を去る。ゼート博士だけが残る。彼は待っている。

静寂。

警部が上手から登場、あたりを見回し、ゼート博士をじろじろ眺める。それから、教会に興味があるようなふりをする。

ゼート博士　（落ち着きを失って）他の皆さんは、外にいらっしゃいますよ。回廊の、ビュッフェのところに……

警部　ええ。（間を置いて）あなたは？

ゼート博士　……えー……

警部　誰かを待っていらっしゃる？

ゼート博士　いえいえ、私は……

警部　フリッツでしょう？

ゼート博士　えっ……どうして知ってるんですか。……お知り合いですか。

警部 来られないんですって。姉です。

ゼート博士 （笑う）こいつはいいや！——警察のかたでしょう?!——（タイトルをつける）「女警部——犯罪者の姉」！——いいな、（笑う）すごくいい。（メモ帳を出して書き付ける）きちんとした中流家庭出身の犯罪者について書いているところなんですよ、フリッツから多分お聞きでしょう……これはいい幕開けだ。

警部 ええ、おかしいでしょう、確かに——私だって長いこと苦しんできたんです、有名人のただの姉だなんて。つまらない公務員と、冒険好きな弟……まぁ、世界は男の兄弟たちのものということなんでしょう——本当に。

ゼート博士 （上の空でメモする）いつも、他の人たちはなにがしかなのに、自分は何でもないと思う……うん……わかるぞ、よし……（興味を示して）で、フリッツは？　聞いてもよろしければ？

警部　雲隠れ。

ゼート博士　ああ……それはまた、フリッツらしい……

警部　（とめどなくしゃべる。ゼート博士は間を置いて機械的に「うん……そうそう……うん……そうそう」と相槌をうつ）昔はそれで自分が嫌になったものよ。まともな道を歩いているのに仲間はずれ、ただの姉だからって。鏡や、ショーウィンドウや、話相手の眼鏡に映る自分を見ては、嫌気がさした。——自分の顔が嫌いだった、なんの特徴もない気がして。まるで誰かに特徴を言ってもらいたくて叫んでいるみたいな顔——ちゃんとした顔は、特徴を言ってもらわなくてもいい、あるがままで充分、と思ってた。でも私たち、誰かの姉や妹の顔は取替えがききそう！　鼻、眉、口、詰め物をした歯、髪の生え際、首！　モンタージュ写真みたい！　何のために私たちはいるの？——ここを見て！（顔の傷あとをさして）髭剃りの刃で切ったの、あのころ……

下手のドアからズザンナが入って来て、話し込んでいるゼート博士と警部に気づかれずに男子トイレへ消える。

ゼート博士 確かに、確かに、大体ね、本当に、そう、分かりますよ、えーと、お名前は……そういえば今気が付きましたが、フリッツの苗字を知りませんでした。フリッツといえば、ただの犯罪者フリッツですから！……いえ、こんなことになろうとは予期してなかったもので……

警部 そうでしょう。そうなんです、私の特別なところはただ一つ、誰も私のことを予期して待ってはいない、ってことです！　いつも私は代わりでしかない！　私が来るとみんなそわそわして、もう帰ってしまいたくなるんです……

ゼート博士 そんなことありません、いえいえ、私は……いつもきょろきょろしてしまいまして、悪い癖で……ちゃんと聞いていますよ、興味深いお話で……

警部 見れば分かります。待ってらっしゃるんでしょ、いつ終わるんだ、どうしたら逃げ出せるんだ、って。——私の言うことなんて、いちいち聞き終わらないうちに、みんなもう何か他のものを待ち望んでる、でも一体何を?!——でももう慣れた。粗悪な本物より良質な替え玉よ。二番の女作曲家より一番の女警部。そう自分に言い聞かせたの。どうにか、自分と仲直りもできたわ。私みたいな人間は、期待されないかわりに失望もさせない。

ゼート博士 (上手奥の脇のドア、つまり回廊の方に向かいながら)すばらしい……でも私は違いますよ。とんでもない、私は……

警部 (構わずに続ける)……それに、本物のほうがよく売れるんでしょうけど、つまりお金次第ってわけだし！　二番目だなんて、ぞっとする。

若い男が上手前方のドアから教会に入り、皿とグラスを持ったまま舞台を横切って男子トイレへ向かうが、ドアが閉まっているので女子トイレへ行き、閉じこもる。舞台奥の二人は気づかずにしゃべりながら出口に向かう。

警部　私の部署では、私、好かれてるみたい。好かれるなんて、難しくはないわ――ただ分かりやすい人間でいさえすればいいんだから。――こうしてあなたに不平を聞いてもらっていると、なんだか私って本当はうらやましいほど幸運なのかしらって気がしてきた……

ゼート博士　（目に見えて落ち着きを失い、思い切って）ちょっと失礼……

ゼート博士は警部をおいて、舞台を横切り男子トイレへ向かう。少し考えたあと、警部は教会を去る。ゼート博士は男子トイレに入って閉じたドアをゆする。

男子側　ゼート博士　あっ、これは失礼。（待つ）

上手前方から奥さんがシャンパングラスを手に教会に入る。女子トイレに入って閉じたドアをゆする。

女子側　奥さん　あら、失礼しました。（トイレを、そして教会を去る。しばらくして同じドアからクランツ夫人がシャンパングラスを手に入ってくる。グラスを教会のベンチに置き、女子トイレに入って閉じたドアをゆする）

クランツ夫人　あら、失礼しました。（待つ。ゼート博士とクランツ夫人が左右対称に待っているあいだに、クランツ夫人はしびれを切らす）あの、――お加減でも悪いのでは？

男子側　ゼート博士　（懇願する）申し訳ありませんが、――そろそろお願いします！

女子側　若い男　（中から）いえ、気分はいいですよ、ありがとうございます。そのためにここにいるんですから。

クランツ夫人　（うろたえて入り口へもどり、正しいトイレにいるかどうか確かめ、考え込む）

男子側　ズザンナ　（出てくる）どうぞ……

ゼート博士　えっ、あなたが?!――（うろたえつつ笑う）失礼、どうやら私が……

ズザンナ　いいえ、間違えてはいらっしゃいません。いつも男子トイレに行くことにしていますの――すいていますから。ただ座って待っているだけなので。

ゼート博士　どうもありがとう――スピーチは悪くなかったですよ――でも味方を増やしはしませんでしたね。と、まぁ、そんなところで、――では失礼……（中へ入る。ズザンナは待つ）

女子側　クランツ夫人　（また中へ入り、ドアの向こうへ話し掛ける）お願いですから、トイレから出てください！　ここは女子トイレですよ！――ねっ！――私の名前はクランツですのよ！

若い男　それはどうもはじめまして。（出てこない）

男子側　ゼート博士　（出てくる）どうもありがとう。――本当に、お話は良かったんですよ、ね。――多分場所が合わなかったんでしょう――お客さんたちのところへ行ったほうがよろしいですよ、忠告させていただければ。姿をみせて――そう――ひとめぐりでもして……

ズザンナ　出来ません嫌ですやりません。――ここがいいんです。静かで。涼しくて。――いえ、これでいいんです！（ゼート博士を押しのけてトイレに入り、鍵を閉める）

女子側　（奥さんが帰ってくる。手洗い場に入る）

クランツ夫人　男の人が入ってるのよ。

奥さん　まぁ、なんてことでしょ……（ドアをたたく）ここは女子トイレですよ！

若い男　（黙って、出て来ない）

上手後方のドアから指揮者つくりが教会に入る。手には皿を持っている。ゼート博士はちょうど男子トイレを出るところ。指揮者つくりは博士に目をやる。

指揮者つくり　ああ、あそこか！（トイレに向かう）

ゼート博士　使用中ですよ。（指揮者つくりの横を通り抜けて上手後方から教会を出る。指揮者つくりは手洗い場に入り、待つ）

女子側　**クランツ夫人**　（大声で）冗談じゃありませんよ！（ドアをゆする）

男子側　**指揮者つくり**　（長いこと待ったあとで）どなたかいらっしゃいますか。

ズザンナ　はい。

指揮者つくり　えっ？――ここは男子用ですよ！　お手洗いを空けていただけませんかね?!

ズザンナ　いいえ、結構です。

指揮者つくり　いいえ、結構ですって、どういう意味だ?!――言うことを聞きなさい！　ここは男子トイレです！　第一、トイレへの通行の自由は尊重されるべきなんですよ！

ズザンナ　やっぱり嫌です。

指揮者つくり　なんてこった！（ドアを無理に開ける）

女子側　クランツ夫人　よろしい！　係の人を呼んできます！（奥さんと一緒にトイレを出る。上手から退場）

男子側　ズザンナ　だめだめだめだめ！……

指揮者つくり あっ、あなたか?!――こんなことまでして!（彼女の耳をつかんで手洗い場に引っ張り出す）我々の目を盗んでのらくらして! ひとを馬鹿にしたスピーチをして! 短すぎるし、汚らしいし! そのうえひとのトイレまで占領して!

ズザンナ 放してください!

指揮者つくり いい気味だ!（耳をつかんだまま、いたずら小僧にするように彼女を手洗い場から教会に押し出す）パーティーを台なしにして!

ズザンナ （身を振りほどいて）あなたは……あなたは……耳……あなたなんて耳磨きじゃない……

指揮者つくり （冷静に）それはどうも。――（ひとりつぶやく）耳磨き……耳磨き……（トイレに行く）別に腹も立たん。

上手前方のドアから二人の夫人が現れる。途方に暮れて。

奥さん　こういうのの責任者は誰なのかしら……

かんかんになったズザンナは二人の夫人に真っ直ぐ行き当たる。

クランツ夫人　(彼女を平手で打って) 言っときますけど、あなたなんて軽薄な小娘だわ。あなたのどこにも世紀の風なんて吹いていない、そんなふりしたって無駄よ。そよとも吹いていないんだから。

奥さん　(彼女もまた平手で打つ) 馬鹿な、未熟な、ただの成り上がりでしょ！　きっとひねりつぶしてあげるから。

ズザンナ　(わけがわからず) えっ？——もちろんもう片方の頬を差し出しても結構よ、でも頭に入らないことは入らないので、いくら叩き込もうとなさっても無駄です。——おっしゃることは理解できません。

クランツ夫人 これからはもう理解できなくてもいいように、私たちが取り計らいます。

奥さん さぁ、行って、目障りな！（クランツ夫人に）今日のワインは硫黄くさいわ。ひどい味がする。

クランツ夫人 本当に。私ね、のどにリトマス試験紙が貼りついてるみたいなの。ちょっとのどがイガイガすると、そのワインのせいであとでひどい頭痛になるってちゃんと分かるの……

最後のセリフと同時に上手から退場。ズザンナは残って、下手に向き、出口に向かう。女子トイレから若い男が無邪気な顔で出てきて、彼女の後を追う。

若い男 ねぇ、男子トイレにいたの？――あんたもトイレで落ち着くタイプ？

ズザンナ （びっくりして）ええ――どうして？

若い男　ここのは特に立派なつくりだよね。——空気はいいし、涼しいし、——フックにハンガーまである……

ズザンナ　ええ、豪華よね。

若い男　こういうところのは大概そうだね。——授賞式はいいな。寄宿学校の終了試験も。誰かが何か賞をもらって、特別に感じのいい感謝の言葉を述べようとがんばる。これがいつもたまらなく面白い。厳かだし。ぞくぞくするよ。——あんたの今日言ってたこと、ちょっと分かりにくかった——落第だろうね——気にすることないよ。あんた、かなりインテリなんだろう。

ズザンナ　かも知れない。——でも、私は違うと思っていたんだけど。

若い男　ところで、(自己紹介する)ぼくはマルティン……(手を差し出す)

ズザンナ　はいはい、分かりました。

若い男　もう、やめたほうがいいと思うけどな。一緒にプレイするつもりなら、そういう素質がないと、道化になるのが落ちだよ。

ズザンナ　はいはいはい。

若い男　ほんとだって。スポンジみたいなもんだよ。わけが分かってない奴は吸い取られちまう。さっきのあんたなんか、ちっぽけな水溜りさ。

ズザンナ　（そっけなく）お金がいるのよ。

若い男　お嬢さん、そんなものはもっと簡単に手に入るでしょう——僕みたいにすれば。背景や、民衆は、いつでも必要だ——例えば今日はあんたの聴衆の役だったし——聴衆がいなかったら、せっかくの授賞式も台なしだろう?!――このあとは少し道化役をやって（ポケットから悪魔のお面を取り出す）――これで生きていける。――今より収入が少なくなることはないと思うよ。（少しずつ回廊のほうへ移動する）

ズザンナ　お考えは確かにごもっともと思いますが、――今受け入れるつもりはありません。ひどく惨めな気分なので。――ごめんなさい、がっかりさせたくはないけど、私はやっぱり書き続けるわ。

若い男　ただ言ってみただけ。――まぁ一度外へ出て、日向で何か食べたら――あとになったら食べ残ししかないよ。――ほんと言うと、こんな賞を受け取ることからしておかしいよね?!――あっちから薦めてきたんなら、恨む必要はないけど――やるべきことはただ一つ、辞退だ！

ズザンナ　それについて言うべきことは、さっきもう言ったでしょ。説教壇の上で。

若い男 で、もう食べ物も喉を通らない、身がすくんじゃって、ってわけ……割が合わないじゃん?! 辞退して、自由の身でいるんだ!……

上手奥のドアからゼート博士がのぞきこみ、二人を見つけて歩み寄る。

ゼート博士 (ズザンナに)ちょっと時間をいただけますか?(若い男に)席を外してくれるかな。

若い男 ——

ゼート博士 (ズザンナをわきへ連れて行く。若い男はぶらぶらとビュッフェへ向かう)こんなところに隠れていてはだめ。それより、エキストラと話なんかしてはだめだ。今日はあなたが主役なんだから、これじゃあいけない。——分かってる、つきあいは疲れるよね——でも、毎日じゃないんだから——いらっしゃい……あなた、汗びっしょりじゃない?

ズザンナ 水溜りだから。——あの人の言うとおりだわ。本当にその通り。近寄らないほうがいい!

ゼート博士　あの若いのが？――空想家だろう？

ズザンナ　――

ゼート博士　あれは本の読みすぎじゃないかな――それに上品過ぎる。――あなたまさか、荘園を所有していて、お金について自由に意見を言ってもいい立場にあるわけじゃないでしょう？

ズザンナ　？

ゼート博士　お金がいるんでしょう、ちがう？

ズザンナ　他のことをしてもいいわけよね、えーと……えーと……他のことでお金を稼げばいいんでしょう、そうよ……

ゼート博士 どうして？（親愛をこめて彼女を見つめる）あなたが郵便配達をしているところ、想像はできるけどね、確かに。想像は簡単だし――楽しいよ。私宛ての郵便を届けてくれるんだったらなおさら――それも毎日。でも、郵便配達の給料も、受賞者の給料も、同じお金なのは知ってるでしょう。お金はお金だ！　もし、信頼に足る行動をしようなんて贅沢なことを考えて、この賞も郵便局の給料袋もつき返すとしたら？

ズザンナ それは……なんでしたっけ……破壊的……軽蔑的……嘲笑的？……（身をよじる）

ゼート博士 （助け舟を出す）シニカルでしょう？――そうは思いませんよ。――もう少し自分と、自分のスピーチと――それに私たちを信頼したらどう。――あなたがすぐに世間を追い越し、置き去りにしてしまわないからといって、世間のテンポを正しいと認めている証拠にはならない。――例の若いのにしても、どこからあんな原則を引き出してくるのか、考えてみて。――もしかしたらただの金持ちの息子かもしれないよ。――少し歩こう。

彼女を下手のドアに導く。上手前方から警部が現れ、女子トイレに向かう。ズザンナとゼート博士が教会を出る直前に、上手奥から若い男が悪魔のお面をつけて飛び込んできて、——たいして熱をこめずに——残忍そうな笑いで二人を脅かそうとする。

若い男 おれは悪魔だ、やってみせるぞ、誰もがうらやみ、誰もが……誰もが……誰もがさからうことを！

ゼート博士 （訂正する）誰にもかなわぬことを、でしょう？

若い男 そうだ！　もちろん！　誰もがうらやみ、誰にもかなわぬことを——ぴったりだ！（ひとり繰り返しながら引き下がる）だれもがうらやみだれにもかなわぬ、だれもがうらやみだれにもかなわぬ、だれもがうらやみだれにもかなわぬ、うらやむかなわぬうら

やむかなわぬうらやむかなわぬ畜生、つまりその、うっとりするような悪戯を……

ゼート博士 あんな、芸人になるつもりですか?!――馬鹿なまねはやめなさい。ものを書いて、もらえる賞はもらうことです。

ズザンナ それは……それは関係ない話です……誤解です、なにもかも！ あの人も、（変装した若い男を指して）みんな、あなたも！ 私たちみんな、適当な衣装を着ているだけじゃないのかしら！ 受賞者の衣装とか！ くだらない！――くさくてだぶだぶのくたびれたスーツを着こんで、突っ立ってるの、みんな！ これじゃあ笑いものよ！ 前はくしゃくしゃ、後ろはばさばさ、――どれもぴったりこない！

ゼート博士 （彼女を見つめる。間）それが人生じゃないの。あなたの前に何人も手を尽くしてがんばってみた、それは確かだ。でもだからって気を落とすことはないんじゃない。あなた、夢想家だよ。

ズザンナ　でも、ものを新しく組み合わせることもできないなんて！　全部焼き直し！――ときどき――あなたもそんな気がしませんか?!――なんだか変な気分、人間でさえないみたいな?!――何もかも演技でしかない！　人間の演技！――受賞者ではなく、受賞者の演技者――私たちは的はずれなことを書きなぐってばかり――人生なんかでなく、人生の演技?!　私には演技できない！　特にこの役はだめ！　時間がないの。

ゼート博士　（彼女を見つめる。間）そうかもしれないし、そうじゃないかもしれない。どうしてそんなにこわがるのかな？――さあ、向こうへ行って――人間の演技をしよう。受賞者と審判委員長の演技をしよう。簡単だよ？――もしあなたがつっかえたら、セリフをつけてあげるから、ね？

ズザンナ　（脚をもつれさせて立ち、汗をかいている）見てください、このざまを！――行きたくありません……（下手から飛び出る）

ゼート博士　（後ろ姿に向かって）でも、あなたの書いた本はすばらしい――（彼女を追う）

上手前方に警部がトイレから姿を現し、ちょうど入ってきた指揮者つくり、クランツ夫人、奥さんに行き会う。

奥さん　あら！　殺人課の女警部さん！（ちらっとトイレをのぞき、空いているかどうか見る。他の二人に向かって）今度は空いていますね。（警部に）お会いできてうれしいわ！　紹介いたします、指揮者のクランツ氏の奥様――こちらは警部のバルテンスベルガーさん……

クランツ夫人　はじめまして……ではちょっと失礼……（トイレに消える）

警部　（呆然として）どうして、バルテンスベルガーなんですか？

奥さん　あなたにぴったりでしょう。

警部　それはどうも。――うん、確かにバルテンスベルガーでも構わないか――

指揮者つくり　殺人課の警部さんですって?!

警部　そんな、実際より派手に聞こえるだけですよ。仕事の内容は、確かにご想像の通りですが、一回り小さ目なんです。毎日の仕事の手順はクリアだし、クララなんて名前でもよかったかも……（微笑む）それで昔は気が滅入ったものですけど。

奥さん　（指揮者つくりに）少し控えめにおっしゃるのがお好きなのよ、（警部に）そうでしょう、警部さん？

警部　実際の経験です。世の中の人は、私に会うと、日常の中にいつもと違うものが入ってくるのではじめは喜ぶんです。でもすぐにがっかりするんですよ、だって私は映画そのまんまで、——でも一回り小さいんですから。

指揮者つくり　それで、仕事の合間には芸術に興味をお持ちで？——すばらしい！

警部　趣味なんです。特に文学が——読書用のとてもいい椅子を持っているんですよ。文学でも、特に韻を踏んだものが好きで。なんといっても規則正しいものがいいんです。——ときどき、同僚の代わりに交通整理をするくらいなんです。

指揮者つくり　それにしても、芸術とは言っても今日のはよろしくなかったですね……

奥さん　みすぼらしくて……

クランツ夫人　（ちょうどトイレから帰ってきて）ずるがしこくて……

警部　あら、私は……

下手奥からゼート博士が帰ってきて、トイレに向かう。

指揮者つくり　（他の人の頭越しに大声で）ちょうどあの受賞者について話してるところなんですよ！　どっからあんなのを拾ってきたんです?!――もっとステーキを食べたほうがいいですよ、あのお嬢さんは！――今度はまたもっと立派な、本物の勝利者を連れてきてくださいよ、いつもあんなおどおどした新人候補なんかじゃなくて。

ゼート博士　まあ、見ててください。

クランツ夫人　これでは面白くも何ともありませんわ……祭典になるべきですのに……勝利の祭典に……

ゼート博士　残念ながら問題は、勝利するのが得意な人はたくさんいても、ものを書ける人は少ないってことです。――どっちが大事か、決断しないと困りますね。（今になって気づく）すみません、もしかして有名な指揮者のクランツさんの奥様では？

クランツ夫人　ええ、そうですよ。（他の人に）まあ困ったわ、話しかけられてばっかり――いつも、奥様ですか、って……

奥さん 私も同じですのよ。いやだわ。いっつも、もしかしてクランツさんのところのすばらしいコンサートマスターの奥様でいらっしゃいますか、って。——そう、そう、そうです！ その通りですわ、もちろん……

警部 あの、私……

指揮者つくり 私はすばらしいとおもいますね。世の中のひとは、有名人に近づくと、喜ぶものです。私なんかいつも最初から、伝説の指揮者クランツの作り手は私です、と名乗ってます……

クランツ夫人 （訂正する）マネージャー、マネージャーでしょう。

ゼート博士 世に抜きん出た方ですね、クランツさんは。

クランツ夫人 （そっけなく）もちろんですわ。——ところでどちら様でしたっけ？

ゼート博士　ああ、ぼうっとしてすみませんでした。今まで自分の名前を忘れかけてました。ザムエル・ゼート博士です。――気に入らない苗字ですが、自分じゃどうにもならないので。――では失礼いたします……（男子トイレに消える）

警部　多分自分の名前が使い古しのような気がするんでしょう。それで名前を言わないのね。――同じ名前の他人と間違えられて殺されるのが怖くて、名前を言わない人たちも何人か知ってますよ。間違えて消されるなんて、恐ろしいけど――こんな時代に生きる人間なら、覚悟しておいた方がいいのかも。

指揮者つくり　（警部に）すると本当に本当の殺人課の警部さんなんですね。すばらしい！　例えば今担当なさっている事件はどんなものですか。

警部　つまらない話で……

指揮者つくり　そんな！　出し惜しみなさらないで！　殺人ものが大好きなんですよ！

警部　ああ、くだらない事件ですよ。きっと新聞でご存知と思いますが。町の北部で起きたバースデーパーティーの……

指揮者つくり　（勢い込んで）バースデーパーティー殺人事件ですって?!

警部　ビルギット・クローゼ、無職、の一部屋半の住居で――パーティーの客たちの話題がクローゼの恋人の同じく現在無職三十一歳ハイコ・シュタルクに及んだとき――きっとお読みになったでしょう？――シュタルク氏は邪魔だから消えてもらおうと、みんなの意見が一致して――シュタインマン氏が地下室から斧を持ち出してきて――ほら、北の方では何でも燃やせる万能ストーブがあるでしょう――それでシュタルク氏を撲り殺し……

指揮者つくり　（興奮して）なんてことだ?!

警部　……その間にレディング氏がシュタルク氏にナイフで切りつけ……

指揮者つくり　なんてことだ！

警部　シュタルク氏が絶命した後、バースデーパーティーの客はみんなで死体を切り刻んでビニール袋に詰め……

指揮者つくり　なんてことだ！

奥さん　いったいみんなどこからビニール袋を取り出すんでしょうねぇ⁈　何でもビニール袋なんですから、北の方では。味気ないったらありゃしないわ！

クランツ夫人　（警部に）随分と退屈なお話に関わっていらっしゃるのねぇ。――そんなことで、生きていけるのかしら？

警部 （当惑して）くだらない、平々凡々たる事件って申しましたでしょう……

クランツ夫人 まあ、蓼食う虫も好きずきですわね。今日の一般民衆は、私にはつまらなくて。――それに、どこを向いても病原菌だらけで……そのうえひどい臭いでしょう！　民衆は、お湯が嫌いなのね。臭いが空にまでたちこめる！　下層の民衆たち、特に東の方の人たちときたら――気分が悪くなる！――考えただけで、吐き気がしてくるわ、ごめんなさい。でも、何にでも理解を示すのは、もうやめました。理解を示して有頂天になってる人がいますけど、不自然でしょう。どこかでけじめをつけないと。どこかでけじめをね！

警部 まあ、でも私は……

奥さん いえいえ！――クランツの奥様のおっしゃるとおりですよ。あまり大目にみたり……甘くしないことです……

クランツ夫人 （警部に）もちろん意見が違っていても構いませんのよ――ここは自由な国なんです

から……（奥さんに）とってものどが渇いたわ――一緒にいらっしゃる？

二人は上手から退場、ビュッフェに向かう。

指揮者つくり　（話を最後まで聞きたがる）それで、ビニール袋は？

警部　（機械的に）次の日にレンタカーで運び出そうとしたんですが、となり近所がね、北の方ではお互いに気を付けてしっかり見張ってるでしょう、こちらに連絡してきまして、それでバースデーパーティーの客たちは現場で逮捕できたんです……

指揮者つくり　（がっかりして）良かったですね……

警部　（機械的に続ける）ここから私は月並みな疑問点の追求にはいるわけです。

A　シュタルク氏が邪魔で要らない、という発言には理由があったのか。

指揮者つくりは上手奥の出口へと促す。退場しながら警部はしゃべり続ける。

B　誰の発言だったのか。
C　致命傷は刺し傷か、斧による打撃か。
D　クローゼ嬢は同意していたのか。
E　本当にクローゼ嬢の誕生日だったのか。
F　ミュラーとかいう第五の人物は——ミュラーという人物はどこにでも登場してきますが——関係していたのか。
D　レンタカー代は先払いだったのか。
H　シュタルク氏には殺人を挑発するような言動があったのか、エトセトラ……ナイフは調理用で、双子印——調査の進み具合は上々です。

指揮者つくり　（退屈して）興味深いお話で——

最後の言葉とともに両者退場。暗転。

a

舞台の上空に植民地風の雲が漂ってくる。その上に犯罪者フリッツが座っている。

フリッツ　（観客に向かって）おれの名は犯罪者フリッツ。独創的犯罪者だ。今ここへ出たんだって、びっくり仰天だろ。おれの経歴を見りゃ、小説のネタはいくらでもころがってらあ。なかなか信じられねえぜ。そもそものことの始まりはミッテンヴァルトだ。ヴァイオリン製造会社の支店からごっそり盗んで、何千マルクも稼いでやった。それでもってイタリアのサツが乗ってるみたいなモトグッツィのバイクを買ったもんだ。それでイタリアに行って、自分で自分のバイクを盗んで、保険詐欺をやらかしたんだが、その後なんで最初からモトグッツィを盗まなかったのか我ながら腹が立ってよ、バイクを見るのも嫌になった。おれは目の上のたんこぶはすぐ切って捨てるのが主義だ。つまり、バイクは置き去りにして、電車に乗り、車掌からかばんをかっさらって飛び降りた、テッラキーナだった、そこでモッツァレッラを買った。（水牛のモッツァレッラはうまいねぇ――これこそギャングの食い物だ。）そんなこんなでイタリアを隅から隅まで盗みまくって、南の端で船にのり、コロンビアまでやってきた。船賃は盗んだクレジットカードで払った。

今はホンジュラスに尻を落ち着けて、さてこれから風に吹かれてどこへ行くやら、わかりゃしない――今のところは一休みだ。ここならカナリヤが木にとまっているし、町はほんとにきれいだし、気分は上々だ――もしかして、引退したらここに来るかもな。でも今はまだ犯罪者の血が騒ぐ――その話はまた今度。最後にもうひとつ、旅の途中でドイツ人の作曲家と知り合いになったんだが、そいつもこの土地がすごく気に入ったらしい――おれの趣味も捨てたもんじゃないだろ。

このドラマにはおれの出番はほとんどない、ただ警部の弟ってだけだ。姉さんだって、おれが雲隠れしたおかげで登場できたんだ。ヒーローの代役ってやつさ……

雲は消え去る。

II

半地下のアパート。天井の高さ一メートル八十センチ。僅かな日差しが急角度で差し込む。ズザンナがすっぽり毛布にくるまって机に向かっている。身じろぎもせず、仕事に集中している。ほとんど彼女だとは見分けもつかず、まるで家具のようだ。
ときどき男が窓の外に現れ、窓を塗りこめようとしている。
ドアのところで呼び鈴がなる。

ズザンナ　（機械的に）はいはいはい……

若い男　（ドアを開け、探るように見回して）ハロー？

ズザンナ　はい、何でしょう？

若い男　（彼女を見つける）ああ、そこか！（彼女に思い出させようと）マルティンだよ――授賞式で――

ズザンナ　ふうん――そう――

若い男　ちょうど通りかかって、それで……そこに公園のベンチがあるよね、郵便局の前にさ、あそこに半になると日がさすんだよね……それまでちょっと時間があるから……どんなとこに住んでるのか、見てみたくなって……（見回す）いいところだね……

ズザンナ　はいはいはいはい――（今になってやっと彼にちゃんと気づく）ここで何してるの?!

若い男　いま言ったじゃん、たまたま通りかかったから、どんなとこに住んでるのか、見てみようと思って……

ズザンナ　ああそう——もっといいとこに移るつもりなんだけど。

若い男　もっといいっていうのはたいてい罠だぜ。——日だってさすじゃん！

ズザンナ　足にね。

若い男　（日なたに足を踏み入れる）僕の親父はいつも、家は小さく建てるのが賢い男だ、って言ってたけど、死んじゃった。——あんたのは？

ズザンナ　？

若い男　ほら、なんか、言ってくれただろう？　人生に役立つこと見つけてさ。

ズザンナ　……地熱……地熱がどうとかって……でももう亡くなったし。——お茶でも？（執筆用の殻を抜け出す）――どうぞおかけになって……

若い男　（彼の足の上に陰が落ちる。窓を見上げると、ちょうど男が消えたところ）あいつを見ろ！　窓を塗りこめるつもりだぜ！（ばっと窓を開ける）今すぐこの石をどけなさい、土地登記所を呼びますよ！　いったいどういうつもりなんです?!（男は不安で真っ青になって石を片付け、姿を消す）

ズザンナ　土地登記所？（お茶を手に前かがみになって部屋の中に立つ）

若い男　ただの言葉。――なんだっていいんだよ。昔はビッグブラザーって言ったけど。――（お茶を見て）いや、結構。――黙って見てるの?!――反対するもんでしょ。

ズザンナ　ああ――反対すればどうなるってわけでもないと思うんだけど。時間もないし。きっと必要なのよ――規則とかで――来週は防災上の理由でスプリンクラーを取り付けるって言うし――（笑う）私が心配だって言うんでしょ、きっと……（何か思いついて

机にいき、書きつけ、つぶやく）土地登記所職員……（ひとり笑い）

若い男 いま急げば、まだいいベンチにありつけるよ。

ズザンナ 急ぐって？　どうして？

若い男 国賓が通るんだ。見物の人垣を補強するのさ。日向に出るんだ。（笑）地熱のことだけど、親父さんが言ってたのはきっとなんか別のことだろ――ここは随分涼しいじゃん！

ズザンナ 外へ出るの?!――日向へ？――今？――どうして？　ちょうどいいところだったのに……（何か書き留める）

若い男 ちょうどいいところだって日向ぼっこしても損はないよ。

ズザンナ　フリッツをご存知？――（一緒に行く決心をする）南アメリカにいたことある？　ホンジュラスとか？――もしかして空き巣のやりかたとか、わかる？……

両者はアパートを出る。

b

舞台の上空に植民地風の雲が戻ってくる。今度はフリッツは獄中にいる。雲はさっと通り過ぎる。

フリッツ 豚どもに捕まっちまった！　豚どもめ！　第三世界の奴らめ！　このおっぱいゆさゆさの、ルンバルンバめ！　さっさと片付けちまおうってんだろう！　有無も言わさずに！　ああ、なんてこった！　裁判もろくにしないで！　姉さん、なんて思うだろう。おれのことあんなに自慢してたのに！　かわいそうに！　この豚どもめ！　あんなに将来有望だった俺が、絶対的に将来有望だった俺が、こんな目に遭うなんて！　おまえらなんて、みんなごみ袋だ！　土地登記所職員め！　人垣の補強役め！

雲は通り過ぎる。

III

路上。ぎらぎらした日差し。舞台端の日陰にベンチ。頭上に張り出した部屋からタイプライターの音。ズザンナと若い男が来て、ベンチの近くの日向に立ち止まる。

若い男　（ベンチを指して）ほら、ここにこんなのどかな風景があるなんて、誰も思わないだろう？　4月3日から10月21日まで日が当たるんだ。はじめは数分だけだし、最後もそれくらいなんだけど、短いからこそ貴重なんだ。でもそうなるとたいてい空いてない。だからちょっと早めに来るようにしたんだ。わけ知りの連中はいつも時間ぴったしに来る、そこの角をまがった別のベンチにすわってるのさ。

ズザンナ　あなたはじゃあ、ここに座って待つの？

若い男　一時間で十マルクもらえる。特に好きでやってるわけじゃないんだ――展覧会もいやだけど。延々、立ったり、歩いたりの繰り返し。（笑う）けど、ささやかな生活を維持するためには、何だってやるさ。（彼女に小さな旗をわたす）さあ――国賓が来たら、この旗を振るんだ。

ズザンナ　どのくらいかかるの？

若い男　国賓が立ち去るまで。たいていそんなに長くかかんないよ。あの人たちだって早く帰りたいんだから。

ズザンナ　（急に腹を立てて）馬鹿馬鹿しい！　大人のやることじゃないわ！

若い男　それはそうだけど、外の空気も吸えるしさ……ほら、始まるよ。（ベンチに日が差す。タイプライターの音が止む。若い男は腰をおろす）天国だ。ほら、ここ見て、これも年々

鬱蒼としてくるね。（壁の裂け目に生えた草の茂みを指差す）

ズザンナ その草のこと？（彼のとなりに腰をおろす）

若い男 なんていい緑だ！

ズザンナ 黄緑でしょう。

若い男 ここでローマ人が宿営して、鉛中毒とインポテンツで死に絶えるまで道楽三昧で暮らしたんだって。学校で習ったよ。（舞台のそでに向かって）ここは国賓がとおるんだ！　サクラ以外立ち入り禁止だよ！

ゼート博士 （端のほうに立ち止まる）ちょっと郵便局まで行くだけです……（ズザンナに）あなたがこんなところに?!——こんな茶番に時間を取られてていいんですか?!

ズザンナ　（旗を振る）偶然の成り行きで……

ゼート博士　あなたのような方のすることじゃありません！　どうか立場をわきまえてください……こんなことは本当にすべきじゃありません、本当です。いいですね、いけませんよ。（退場）

若い男　あんなちゃんとした紳士と知り合いなの?!

ズザンナ　――

若い男　ボーイフレンド?――日々の苦労なんて全然知りませーんて感じだね――そこが魅力で、ひかれる、ってわけ。

ズザンナ　ただの知り合いよ――授賞式の時から。

若い男　あ、そうか、あの時の……見損なった、なんて言われないといいね。残念じゃん。(間。二人は草の茂みを見つめる) ボールペンだ！ (地面から拾う) なんか書いてよ。

ズザンナ　何を？

若い男　なんか重要なこと。

ズザンナ　(考え込み、書いて、彼に紙切れを渡す)

若い男　(読む)「……かくて波打ち砕く人生に勝利は与えざりき」——どういう意味？

ズザンナ　書いてあるとおりよ。かくて波打ち砕く人生に勝利は与えざりき。

若い男　誰が？

ズザンナ　誰でもいいんです……あなたでも……私でも……

若い男　敬語でしゃべんなくっていいよ。——でもこれは変だよ、人生に打ち砕けるなんて、そんなわけないじゃん、人生って、角とか、壁とかじゃないだろ。

ズザンナ　（肩をすくめる）

若い男　こんなもので賞がもらえるの？

ズザンナ　興味がないなら、なぜ何か書いてなんて言うんですか?!

若い男　まあ、別に悪くないけど。かくて、波打ち砕く、人生に、勝利を、与えざりき……悪くない。よく習ったよ、タタン、タタタタン、タ、噴水の、楽しげな、雫……とかなんとか。思い出した。

ズザンナ　そういうこと。――でも私の言葉じゃないの、友達の、ある評論家の言葉なの。（もじもじする）

若い男　そいつもお上品なタイプかい？　いい学校出の？――あそこでみんな決まるんだよな、学校で、階段で――ひどいよね！　すべては将来のため、後々の人生のためにやってるんだっていつも思い込んでる。――階段って、大聖堂みたいなものだね！――エスプラナーデって、町の北の方のダンスホールだけど、そこの階段知ってる？

ズザンナ　（面白がって）踊るんですか……踊るの？――いいえ、そんなとこ知らない。

若い男　階段があるから行くんだ。ちゃんと踊るわけじゃない――階段上って、階段下りて――段を踏んで……

前方を警部とゼート博士が通る。

警部　私と一緒にいらっしゃればいいんですよ、きっと追い払ったりしませんよ――私なんかどこにいても邪魔にはならないんですから。あまり見慣れてしまって――ときどきはそれで得もするんですね。どこにでも出入り自由で……

ゼート博士　私を家まで送るなんてことより、もっと大事なお仕事がおありでしょうに……

楽隊が二人に向かってやってきて、舞台を横切る。二人は彼らに道を譲る。

ゼート博士　そこいらじゅう音楽だ！　たまったもんじゃない！　町じゅうがどんどんうるさくなる。どこへいってもがんがん音がする！　浮かれてでもいないかぎり、どうにも我慢できませんよ！

警部　でも、少なくともあまりしゃべらないですむからいいでしょう。――少なくとも私には好都合です。口と床とは滑りやすいもの……私なんかすぐにすってんころりんです。だから本を読んでるほうが好きなんです。(両者退場)

もうベンチの端にしか日が当たらない。

ズザンナ　日の当たるうちはここに座って——夜になったら北に行って階段上り——いいけど、でも……その間……その間は何してるの……長い一生、ただ暇をつぶして、あいだを埋めて、そんなわけにいかないでしょう。

若い男　眠くなったら、横になる。人生から学んだのはそれだけ。——横になれば大体なんでも解決するし。——もしかして、体液が上手く混ざり合うせいかな——とにかくその後はすっきりする。

上のほうからまたタイプライターの音がする。

ズザンナ　でも、虚しくない……朝から晩まで、それから夜になって、ベッドで、虚しくきしむ音がして……自分の横で、中で、上で?!——何もかもが間違い、起き上がるのも間違い、横になるのも間違い、腕をあげるのも間違い、目を開けるのも間違い、なにもかも間違い！……

若い男　行こう、日向が逃げてくよ――もうちょっと歩こう……（日差しはベンチから消える。二人は日向を追って行き、退場）

老女とわけ知りが――二人とも体臭を放ちながら――（「角を曲がったところの」別のベンチからここへやってくる。

わけ知り　ここのことは知り尽くしてるって言っただろ！　今にも日がさすよ、ほんとだ、保証するって、そしたら居ながらにしてさ！　マヨルカ島にいるみたいなんだ！

老女　でも、今は涼しいわ……

わけ知り　来るぞ来るぞ来るぞ！――言ったろう、すぐに日が差して来る！　この非情な世の中でも、物知りなら何とかなるんだ！　非情さの中にも自然の摂理を見出す！　そうすれば自然も恵みをたれるというものだ！

老女　寒くなってきたんじゃない？……きっとここも季節が狂ってるのよ、今年のライラックみたいに。――一月、少なくとも一月は早く咲いたじゃないの！

わけ知り　ライラックだって！　太陽は、いつだって正確さ！　太陽は大きいし――アメリカより大きいんだ！――まあ、もうちょっと待て！――この寝ぼけものの太陽め！　ちょっと待って。――玉っころめ！――寝ぼけた太陽に当たってもしかたない！――にきびができるだけだ！――行こう、テロが始まる前に！――行ったり来たりばっかり！　いやになる！

老女　私は何も言いませんでしたよ。座っていたかったんですからね。動かないのが一番。言っとくけど。

二人はもとの「角を曲がってすぐの」ベンチに戻る。――退場。

照明が変わる。

夕方遅く。上の方からは前と同じようにタイプライターの音が聞こえる。ズザンナがベンチに座って草の茂みを見つめている。タイプライターの音が止む。――静寂。しばらくしてゼート博士が舞台脇から現れ、こちこちにこり固まって、目を赤く充血させて通り過ぎる。ズザンナの脚につまずく。

ゼート博士　（もそもそと何か分からないことをつぶやきながら）ゴホ……

ズザンナ　あれあれあれ！

ゼート博士　（がらがらした声で）これは失礼――あれ、あなたでしたか?!――まだいらしたんですか？――それとも、あなたも散歩ですか？

ズザンナ うーん。

ゼート博士 （がらがらした声で）一日中部屋にいると、夕方になって急に脚を動かしたくなりますよね、そうでしょう？――分かります。――そんなところでしょう。――お邪魔したくはありませんので……それとも、もしよろしければ、ご一緒に少し歩きませんか？

ズザンナ 夕方の散歩なんて、嫌いです。――声がかれてますね？

ゼート博士 （咳払いする。がらがらした声で）いいえ、どうして？（がらがらした声に困惑して）何だかのどにひっかかったみたいで……（咳払い）

ズザンナ うがいをして――それから寝ること。――　今、タイプを打っていらしたの、あなたですか。――ここに住んでいらっしゃる？

ゼート博士 ふぅ、急いで書き終えないといけなかったんですよ、今日中に、遅れてしまって、もう間に合わない、あなたもご存知でしょう、遅れてしまって、みんな待っているし、文句は言うし……気を付けて、誰か来ますよ。

男　（舞台裏から呼ぶ）おーい！——ちょっと待って！……

ゼート博士　こんなところにいないほうがいいですね——じゃあ、私のところへ、早く……

二人、退場。

男　（まだ舞台裏から）待って！　待ってください！　ちょっと聞きたいことが！（舞台に走り出て、二人の背中に）馬鹿野郎！　ポーランド人め！——（独り言）ちっ！——もうすこしんとこで。——叩きのめしてやったのに。

暗転。

IV

ゼート博士のアパート。二階にある上等な部屋、寄木張りの床、天井まで本が詰まった壁。
夜。
部屋の真ん中にズザンナとゼート博士が立っている。ズザンナはもの珍しげに見回し、感心している。ゼート博士は観察されているような気がする。

ゼート博士　（気詰まりな間の後で）ああ、私の靴紐でしょう?――変でしょう。――でも取り替える暇がなかったので……

ズザンナ　（わけがわからず）靴紐がどうしたんです?

ゼート博士　ああ——いいんですよ、笑っても——気にしませんから。分かってます。でも、店が閉まる前に出かけられなかったんですよ。——たいして重要でもないしね、（手を振って否定する）靴紐なんて！

ズザンナ　（納得しないまま）確かに。——ここで仕事をなさってるんですか。

ゼート博士　あれ、空気よどんでます？——窓を開けるひまがなくて、もう……

ズザンナ　いいえ、全然。それどころか、ヒマラヤ杉の香りがします——それとも、これはなんですか。（寄木張りの床を指差す。それから部屋の中を歩き回っていろいろなものを眺め、本棚に狩猟用のホルンを見つける）狩をなさるんですか——それとも消防士？（吹く）

ゼート博士　いいえ……堅信礼のお祝いに……そんなものとっくに捨ててしまえばよかった、そうでしょう？——どうせ吹けないんだから——（感心して）音が出せるんですか！　私なんか一度もだめでしたよ。——記念品とか……思い出の品なんて……老人くさいでしょう、ね？（言い捨てる）狩のホルンなんて……

ズザンナ （ホルンを適当にそのへんに置いて）部屋の中で思いっきり吹いてみる勇気がなかったんでしょ、きっと？　そうでしょう？

ゼート博士 （ホルンを精確に元の位置に戻す。その間ズザンナはさらに辺りを見まわす。）いいえ、本当に吹けないいんですよ。唇の形のせいか、それとも肺活量が足りなくて……

ズザンナ （何か黒いものを見つけてもてあそぶ）こんなものをどこから?!

ゼート博士 ああ！　そんなゴム製のペニスなんて！　とっくに捨てるべきだったんだ。こういう役にも立たない、迷惑なものばかり贈る人たちがいて困るんですよ、どこへやったらいいのか分からない。――でも贈り物を捨てるわけにもいかないでしょう？――それなのに礼まで言わなくちゃいけないときてる！

ズザンナ　（ペニスをどこかに置く。ゼート博士が位置を訂正する）わかります。私なんか、しょっちゅう艶々光る絹のネクタイをもらうんです。自分たちの変わった趣味を私に押し付けようって言うんでしょう――私そのネクタイを締めて、ぴかぴか光るかわせみみたいに歩きまわるんです、ただ親愛の気持ちを表すために。

ゼート博士　（首を傾げて、耳を澄ます）聞こえますか？――ひどいでしょう？（壁を通して隣の住人の音が聞こえるらしい）――無神経な！　うるさい人たちだ！――どうしょうもない。

ズザンナ　（身動きもせず耳を澄ました後）何が？

ゼート博士　うるさくありませんでしたか？――私はちょっと神経質すぎるのかなあ。アペリティフでも？（グラスを二杯満たす。床に雫をこぼす）ああ！（いなくなり、雑巾を持って現れ、床をふく）音楽でも？（レコードをかける。音量が大きすぎる）失礼！（音量を落す、そのときアームにぶつかって針が飛ぶ。雑巾を持っていなくなり、持たずに帰ってくる）

ズザンナ　できれば聴きたくないんですが。

ゼート博士　私もです。話をするのに、音楽は邪魔ですよね。こんなふうに音楽を聴くことはまずないんですよ……（レコードを片付ける。手がひどく震えている。グラスを手に取って、姿勢を正し、だしぬけに質問する）乾杯！　で、芸術の具合は?!

ズザンナ　どうも、順調です。（間）――ようやく、新しい可能性が開けたような気がするんです。ごらんになったでしょう、国賓歓迎の役を。

ゼート博士　今日の午後、あの若いのといっしょに?――そんなことはきいてません。あなたの仕事のことですよ――進んでますか。

ズザンナ　あれも仕事です。芸術の観客、歓迎式典の客――報酬は高くないけど、あの人はそれで生活できてる。あなたの言うような金持ちの息子じゃない。――ときどきはただ町をぶらつくだけなんですって。一般大衆として、地方色を演出するために。あまり閑散として見えないように。——観光局は閑散としてるのが一番怖いみたい。あの人はそれにぴったりなのね、戸惑ったり、言い訳したりしない……ちゃんと自分の考えでやってる……

ゼート博士 （彼女を見つめる。間）ギリシアの山羊飼いを見たり——歯の抜けた口で笑う農民を見たりして——簡素な生活の幸せを褒めたたえる、ってやつですか。——自分を笑いものにしないでください。そんなこと、あなたにはできるはずがない——そんなことをしてはいけません。（咳払い）一日中話さなかったもので——ちょっと声ががらがらします、すみません——あの若いのの、応急哲学にすっかり感心したってわけですね？　お日様が見方してくれるかぎり、簡単なことですよ。でも間違っているのには変わりない。——私のききたいのは、あなたの書き物のことです。はかどってますか？

ズザンナ （そっけなく）ええ。——（機嫌をなおして）書き物なんて、声が枯れるだけ。身をもってご存知でしょう。

ゼート博士　（間）まあ、確かに――このご時世では――（突然理由もなく気をとりなおして）気を落としたらいけませんよ！　ズザンナ・ゼルヴァル！　こんな王侯のような名前をお持ちなんだから！

ズザンナ　（笑い飛ばす）

ゼート博士　まじめに言ってるんですよ。あの賞は――やっぱりあなたに期待している人がいるってことでしょう――私も、あなたの創作活動を評価しているんです、本当です――

ズザンナ　（ぶっきらぼうに）私もです。――人のことより、ご自分をお信じになったほうがいいんじゃありません？　みんなでお互いを信じて励ましあったりしてもしょうがないでしょ！――最後には一番馬鹿な人がインクにどっぷり浸かるってわけ！　それじゃあ生きていけないのに。お金が全然足りないから！　それじゃあ生きてけないのに、やめられない！　文字の虜になって！　網にかかって！（短い間のあと、唐突に）もう帰ったほうがいいみたい、じゃないと二人とも不機嫌になるばかりでしょう。

ゼート博士 怒らせるつもりはなかったんです。本当です。——お帰りになりたいなら、どうぞ——よろしければそのうちまたお会いしましょう——もうちょっと時間をとって、それと、細かく、話し合いましょう……

ズザンナ お会いするのはいいですけど、お話は。お話はいやです。とくにこういうお話はいや。腹が立つから——どこか、音楽のうるさいところが一番、それなら誰も話そうなんて気にならないから。

ゼート博士 よろしければ、オーケストラのコンサートに招待します、それなら私の話を聞かなくても……

ズザンナ 町の北のほうにあるダンスホールをご存知ですか、エスプラナーデっていう、階段のある……

ゼート博士　ダンスをなさる？――いえ、知りません。久しく踊ったこともないし、それにおそらくもうそんな年でもないので……

ズザンナ　私も同じ……ただ思いついただけ……もしかしてって……それとも……それとも……きっと道でお会いするでしょう……お酒をありがとう……これっきりということはないでしょう……逃げも隠れもできないんですから……ずっと同じ自分でいるしか……ありがとう……（あわてて退場）

ゼート博士　（後姿に）またお会いしましょう……お会いできてよかった……（帰ってくる。グラスを片付け、整理整頓する。ベルが鳴る。博士はそでに消え、警部と一緒に戻ってくる）

警部　偶然通りかかって、それに悪い好奇心が出たもので、――すみません、職業病で――、夜、隙間から覗いたり、ひとの窓辺によじ登ったり、――得意なんですよ、――悪く思わないで頂きたいんですけど。ゼルヴァルさんとお話のところを見てしまったものですから、もしかして、と思って……このごろは、夜が長いでしょう！　それなのにみんな家から出ずに、引きこもってしまって、——町がすっかりさびれてます！——あの方、隠れてるんですか？

ゼート博士　いまお別れしたところで。階段でお会いになりませんでしたか？

警部　あら、じゃあ裏から出てったのは彼女でしたか——残念。

ゼート博士　（決心のつかないいまま部屋の真ん中に立っている。間）さあ、どうぞご遠慮なく。

警部　ありがとうございます。（座る）お帰りになったとは、残念です……

ゼート博士　そうですね。——アペリティフはいかが？（まだ立ったまま）

警部　頂きます。

ゼート博士　（注ぎながら）好奇心なら、私もわかりますよ。私の場合、死んだもの――古い写真とか――古い本とかですが――（注ぎこぼす）あ……（警部にグラスを渡し、舞台裏に消えるが、しゃべり続ける）感じは、多分似たようなものでしょうが――私のほうはそんなに体力が要りません、（笑う）あなたが壁をよじ登るのにくらべたら、全然危険じゃありませんね！――二次元の世界、この方が私には具合がいい。――三次元では、あるいは四次元、五次元、つまり現実では、ものを判断するのは難しい。（雑巾を持ってきて、しゃべりながら拭く）人間の友というより本の友なんです……

警部　私だって外から覗いているだけですよ、窓から……それも結局のところ二次元でしょう。ときどき、私たちみんな部外者だって気がするんです。――みんな、まるで何もかも他人事みたいな顔してる。――（ゼート博士は戸惑う。彼は雑巾を片付ける。警部はその背中に語りかける）ナイフとフォークを使って食べることを習ったのと同じように、習ったとおりの人生を生きてる。まるでもう何十回となく繰り返してるみたいに慣れきって。昔からの規則どおりに、身振りや言葉をつなぎ合わせるけど、もう意味も内容もない。――さまよえる廃墟だわ!

ゼート博士 (裏から叫ぶ) ちょっと青くさい考え方ですね、そう思いませんか? (笑う) 職務規定とはちょっと違いますよね?! (戻ってくる) ズザンナ・ゼルヴァルも最近似たようなことを言ってました――「私たちは生きているのではなく、生きている演技をしているだけ」とかなんとか。――笑い飛ばしてしまいましたが。

警部 当たってませんか?――私の仕事なんて、朝から晩まで、中身は空っぽ!――職務質問は、決り文句!――返ってくる答えも、決り文句! 空っぽと決り文句の乱舞――あなたはといえば、古い紙切れ、死んだもの、黄ばんだものに埋もれて――あるいは私の弟を追いかけ、逃げていく現実のかかとを追いかけて、書きつづける、――でも、生きていると言えるかというと……

ゼート博士 私は、そういう風には思いません。――とにかく何度でも新しく、努力を重ねています。若い人たちに、我が道を行き、人生を新しい言葉で表現するよう、励ましています――それが人生でしょう！　ところが、若い人たちはそうするうちにも潰れてしまう、それが問題なんです。耐えられないんでしょう。例外なく、全員。ただ、政府の参事官なんかが推薦してくる鈍感な奴らばっかりが生き残る。そいつらには相続横取り小説や、おばさま泣かせの抒情詩を書くよう背中を押してやりますよ。鈍感で、思慮がなくて、いかにも優等生で、ぶくぶくしたいいとこのお坊ちゃんやお嬢ちゃん、むっちりしたほっぺにゼリーみたいなぼやけた目。日曜日には散歩に出かけて、世の中の重要人物たちと教会くさい森をぶらつき、午後には郊外のレストランでグラスワインを注文する、できるだけ地元産の、ニールシュタイナーとかなんとか、ご存知ですね――いやいや受け入れてやるこういうはっきりしない奴らばかり生き残って、私が選び、期待をかけた方の人たちは転げ落ちて行く、いつか道の遠くの方から挨拶してきて、――それっきり、姿を消すか、死ぬか、見るかげもなく変わってしまうか、絶望的だ。こんな現実を喜べるわけないでしょう?!　そんなのは……寒いな。寒くありませんか？（窓を閉める）だから二次元の世界に引きこもりがちなのかもしれません。そこなら花の咲くこともありますから。人生では、世間が……お上品ぶった世間がなんでも押しつぶしてしまうんです。太った……お尻で！　上にどーんと座って全部つぶしちまう、尻で！　そうだ！　貴重なものを、屁をこいて殺してしまうんだ。抵抗力のある連中だけが生き残る。ガスには家でもう慣れっこだから、世の重要人物のこく屁には慣れてるから、自分たちも屁をこくから。——なんであなたは人生がどうのこうのと、寝ぼけたことを言うんです、人生に向き合おうだなんて?!——人生こそもっと我々に向き合ってくれるべきじゃないですか！　ズザンナ・ゼルヴァルにも！　ズザンナ・ゼルヴァルこそ大事なんだ！　彼女を打ち砕くかわりに、人生が、一度でも彼女の言うことをきくんだったら——そんな夢ならいつでも見たいもんだ！　本当の人生がどうのこうのなんておしゃべりはもう聞いてられない！——我々はもう現実の人生を生きているんです！……

警部　気に障ることを言うつもりでは……どうやらまずいところに触れてしまったようで……私が言うとなんでも荒っぽく、ざらざらして、粗雑に聞こえるんですよ。……よくは分かりませんけど、ただ……私たちはみんな、こうして落ちぶれていくんですよね？　どうしてゼルヴァル一人が例外だっておっしゃるの？

ゼート博士　あなたはよくお分かりじゃないですか。私の言うことをちゃんと理解なさってる！　ちゃんと理解なさってるのが分かります！　「私たちはみんな、こうして落ちぶれていくんですよね。」って、恐怖の慄きが聞こえますよ、お分かりでしょう？　深い、深い、純粋な恐怖が！　お互い、何も隠す必要はない！　私の言いたいことは、よくお分かりでしょう、世の愚劣さです！　濁った、退屈した目で灰色の世界を眺めおろして、世界が本当は色彩にあふれているのを知りながら、笑いものになるのが怖いばっかりに色を見る勇気がない、そんな奴らがのさばってるってことだ。そんな……そんな……そんな奴らは上流社会の人脈の他には、何も持ってやしない。でもそこから落ちこぼれることはありえないから、沈まずに、いつも上の方を漂ってる。あぶくだ！　そうだ、あぶくだよ！……

c

隅にズザンナが座っている。身動きもせず、書き物用の毛布にくるまって、ほとんど彼女とは分からず、家具のように見える。舞台の上空に楽園の雲が現れ、若い男が裸で寝そべっている。

若い男 忠告しとくけど、触っちゃだめだよ！——姿をくらまし——潜伏する、簡単なことさ。——去る者は日々に疎しだ——新しい生きがいは、行った先で見つければいい——少なくとも見つける可能性はある。——息も絶え絶えの宗教儀式とか！——未開の民になるなんて、きっと楽しいだろうな。やることはやり、やらないことはやらない、でもなんでそうなのか、僕らには理解できない——先の尖った筒をペニスに被せてる未開の男たちとか。あのひとたちにとっちゃあ、なんか意味があるんだろう。やることなすことに意味があるってのは、ものすごく楽しいだろうな。だから、あんたたちも、くよくよすることないよ。自分のしていることには意味があるって、できるだけ思い込めばいい。ということは、つまり、一休みだ……

雲は消える——暗転。

V/1

古いアパートの玄関と階段、夜、暗闇。誰かが大きなドアを外から開ける。ズザンナが、背後から街灯に照らされ、シルエットになって戸口に立つ。一階の部屋のドアが開き、女が階段ホールに出ようとする。部屋のドアの後ろから光がさす。
女はズザンナを見て驚愕の声をあげ、後ずさりしてドアをばたんと閉める。しばらくしてまたドアがほんの少し開き、男がうさんくさそうに覗く。男はこのシーンの間ずっと、その場所に留まる。

男　なんのご用ですか？

ズザンナ　奥さんを驚かせてしまったようで――すみません――ドアがきっちりしまってなかっ

たので……

男　この時間に！――廊下に立ってるなんて、しかもそんな格好で！――これで寝ていられますか?!――その格好、まるで……（何も思いつかない）なんの用です？

ズザンナ　ダンスホールを探しているんです――道には誰もいなくて訊けないし――バーミンガムとか、パルシファルとか、そんな名前の……それとも、インターナショナルだったかしら……そんなふうな……

男　うーん……町も広いからな……多分プッシーキャットかな？――でもこの辺じゃないよ、南だよ。

ズザンナ　いいえ、そんなはずないんですけど……どこか、この辺のはず……アババ……バルカ……アルハンブラかな？　そんな感じの？

男　（肩越しに部屋の中へ呼びかける）この辺にアマンダなんてバー、あったっけ?!――（受賞者に向かって）ちょっと待って。――ドア閉めて、風が入るから。

彼女は廊下に入り、玄関のドアを閉める。男は自分の部屋にもどり、ドアを閉める――真っ暗闇。静寂。ドアの向こうで走り回る音、ささやく声、時計のチクタクいう音、犬の鳴き声。ドアがまた開き、男が出てきて、ドアを閉め、暗い玄関を手探りで歩き、何かに頭をぶつけて小声で文句を言い、階段下の管理人室のドアを開けて明かりをつけ、中に入り、ドアを閉める。また静寂、暗闇、かさかさいう音。それからまたドアが開く。

男　ああ、なんで明かりをつけないんです?!（階段の明かりをつける――長いコードの先に電球がぶら下がって大きく揺れている――多分さっき頭をぶつけたのはこれだ）この辺にはバーバラ・バーなんて、ありませんね。そんなもの、ないよ。ちょっと来て、（招きいれる）座って。（ドアの横の小さな椅子を指差す）りんご、食べるでしょう？（姿を消す）さあ。（ナイフとりんごを持って戻ってくる）まず皮をむいて、と……（やり方を見せる）

皮は食べられないんです。（りんごを渡す）

ズザンナ いいえ、お腹はすいてないんです……ただ……ドアが開いていたので……

男 こっそり食べたくなるほど美味しいですよ——さあ、遠慮せずに。ビタミンたっぷりだ。これくらい、食べられるでしょう。——バーに行って何するの。

ズザンナ えー……ひとから聞いたものですから……いい店だって……それで一度見てみようと……

男 一度だけ、ってよく言んだけどね。——探してるのはきっとバルザールだね、でも南のほうだよ——さあ来て、教えてやるから。（男はズザンナを押して部屋から出、玄関を通って外へ出ながら説明する）ここを戻って表通りに出て、左に、それから真っ直ぐ道を下って行って、道の左側にあるのがバルザールですよ。さあ急いで、三十分は歩きますよ、暗いのに……

最後のセリフと同時に玄関を出る。ドアが後ろで閉まり、階段の明かりが消える。

——暗闇。

V/2

玄関のドアをまた外から開ける人がいる。ゼート博士が――背後から照らされて――戸口に立っている。

若作りな格好をして、見分けもつかない。壁を手探りして明かりのスイッチを探している。一階の部屋のドアが開き、男が外へ出ようとするが、ひどくびっくりして、のどの奥で叫び声をあげ、飛んで戻ってドアをばたんと閉める。しばらくして女が現れ、用心深くドアを細く開けて覗き、ゼート博士の顔に懐中電灯の明かりをあててその場に留まる。

女　なんの用？　なんの騒ぎ？――ここはなんにもないわよ！

ゼート博士　道を探してるんですけど……

女　そんなもんここにないわよ。

ゼート博士　まさかそんな——すみません、ご主人を驚かしてしまったようで……

女　（非難がましく）この暗闇で！——こんな血みたいにどす黒い戸口にぬっと立ってたんじゃや、まるで……（何も思いつかない）

ゼート博士　本当にすみません——ベルが見つからなかったものだから——ドアは開いていたし……それに外には誰もいなくて……短い名前の通りなんです……リント通りとか、レック通りとか、短い……わざわざ書いてきたのに、どこに……ステュクス通りだったかな？……

女　ジーベンビュルゲン並木？

ゼート博士　もっと短い……ワット通り？

女　（肩越しに部屋の中に向かって）またこんなのが来たよ！　ファス通りなんてこの辺にあった？　それか、似たような？（背後からは沈黙）ちょっと待ってて……ドア閉めてよ、狼のために暖房してるわけじゃないんだからさ！（彼は中に入ってドアを閉める。女は自分の部屋に入ってドアを閉める。暗闇。犬がドアを引っかく音、時計の音、ささやきが聞こえる。ドアがまた細く開いて女が覗く）そのポスト通りに、なんの用なの？

ゼート博士　えーと、バーがあるんですよ——ダンスのできる——、人と会う約束をしたんですが、通りの名前を忘れてしまって——それにこのあたりには通りの名前が全然書いてないでしょう！

女　南じゃあ通りにも名前があるんでしょうけど。短い名前が。この辺じゃあ名前なんかなくても分かるの。バーねえ——（後ろに向かって）バーを探してんだって！（ゼート博士に）待ってて……

（ドアがまた閉まる。また暗闇と静寂。女がまた来て、ドアを細く開け、食べかけの板チョコを差し出す）

さあ、ひとつどうぞ！　チョコレートよ！　いらいらに効くから！　食べたら、消えてちょうだい！　この辺には夜の店なんかないわよ！

ドアが閉まる――暗闇。

VI

階段のあるダンスホール。
隅にズザンナが立って、待っている（若い男に会えるかと思って）。ダンス音楽のくぐもった音（ダンス・オーケストラ）。反対側の隅には小さいバーカウンターがあり、その後ろにはバーテンダー、前には客。

客　北はいいとこだね。いい町だね。すばらしい。清潔だし。みんな親切だし。とってもいいとこだね。

バーテンダー　（ぼんやりとうなずく。黙々と作業する）

客　北のビールはいいね。うち、ってのはアメリカだけど、あっちのビールもいいよ。すごくいいビールだ。だけどここのは、ものすごくいいビールだね。これだよ、これ。それにみんな——いつも親切だ！　毎年ここへ来るんだけど、道路は一流だし、従業員も一流だし——あんた新入りかい、それともおれのこと知ってる？——サービスは一流だ。ホテルじゃ毎晩枕の上にキャンディーが置いてある。すばらしい。うちもすばらしいけど、ここも、すばらしい。——あんた山のほうの出身かい？

バーテンダー　いいえ。

客　あんまりしゃべんないんだよな、山のほうじゃ。うちでも山のほうじゃあんまりしゃべんない。ここでもそうだ。最高だ。——いいビールだねえ。——いいね、このビール。——いま何時だい？

バーテンダー　二十分過ぎです。

この会話の間にゼート博士が店に入り、あたりを見回し、薄暗い隅っこにズザンナを見つけて隣に立つ。

ゼート博士 やあ！――何待ってんの？

ズザンナ （彼だと気づかない。素っ気なく）残念だけど、あなたじゃないわ。

ゼート博士 知ってるものばかり待つなんて――退屈じゃゃん？

ズザンナ あら、哲学者なの？――じゃあ、勉強やり直したほうがいいんじゃない。私、知らない人を待ってるとこなの。

ゼート博士 芽生えたばかりの恋、ってわけ？

ズザンナ ――

ゼート博士　口が重いんだねえ——踊ろう、ボーイフレンドが来るまでさ——彼もきっと文句は言わないよ。

ズザンナ　踊れないの。

ゼート博士　ゆっくりなら？（彼女と踊る。ゆっくりと、あまり動かずに、薄暗闇で）

ズザンナ　私ったら、おばあさん、どうしてそんなに大きな足なの、って言われそう。——だめだわ！

ゼート博士　大丈夫……

ズザンナ　全部あなたがやってくれてるからでしょ。

ゼート博士　——

ズザンナ　ちゃんと習ったのね？——ねえ、こう回るのできる、こう……ぐるっと？（身振りで説明しようとする）

ゼート博士　わかんないな……

ズザンナ　こう早く……こう……（自分を軸に博士をぐるぐる振り回す。若作りの変装が取れて落ちる）嘘みたい！　あなたなの?!　こんなとこで、何してるんですか?!　最高！　魔法つかいみたい！——全然気が付かなかった！（ぎこちなく手にキスする）崇拝いたします。変装の名人ね！——それにダンスの名人！

ゼート博士　（困って立ったまま）

ズザンナ　もう一度つけてみません？——そのままじゃ、なんだか中途半端。

ゼート博士　（持ち物を集める）えー、その、一度どうかなと、その……

ズザンナ　（感激して）悪いひとですね！　素敵！――それにダンスもお上手！

ゼート博士　（しょんぼりと立つ）まあ、昔習ったんで……きっとステップも間違ってるんじゃないかと……（ぼそぼそとつぶやく）そうありたいと思うものから遠ざかれば遠ざかるほど、他人からはそう見られたい、ってとこかな……

ズザンナ　なんですって？

ゼート博士　いえ……ただの冗談なんです……思ったのは……この間私とおしゃべりしてくださらなかったので……全然話なんかしたくない様子でしたので……えーと――このエスプラナーデってのは、見つけにくいとこですね！

ズザンナ　それは言えてますね。この辺りは無愛想だし。――でも本当に最高！　そのお年で！

ゼート博士　（急いで、たたみかけるように）ああ、年のことなんて……いつも同じだけど、ある人間が本当はなんなのか、なんてことは問題にならない、みんながXだと思っている人間が、一生の間本当はYなのかも知れない――それでもみんなの記憶にはXとして残る、そうでしょう？　それなのに我々は自分がひとにどう思われてるのか、分からないときてる、そうでしょう？　ひとは我々をこうとかああとか思っているに違いない、と推測するしかない、それも、我々自身の狭い視野から、他のひとが我々をどう思ってるか推測するしか……

ズザンナ　そんなに早口じゃ、一言も理解できません。

話しながらカウンターに向かう。

ゼート博士　……えーとつまり、我々自身は何者でもない、ということです。我々は、ひとの目にはこう映っているに違いない、と我々が想像するところのものなのです。悲惨なことです。というのも、我々の想像の世界はあまりにも狭くて、自分たちのことでも安っぽいガラクタしか思いつかないから、ということはつまり我々はガラクタなのだ、ガラクタ……

ズザンナ じゃあやっぱり哲学者なんですね？――脱皮の試みってわけでしょう？

ゼート博士 脱皮って、私の肌はまだきれいですよ！　まだそんな年じゃあない！　見てください、柔らかそうでしょう！（自分の肌を示す）――ちょっと枯れて見えるだけだ！

客 （二人を観察したあと、手を振って、グラスを上げる）乾杯！　北はいいところだよね？――いい町だ。素晴らしい。清潔だし。みんな親切だし。すごくいい。

ズザンナ （礼儀上うなずいてみせるが、すぐゼート博士に向き直って）私にはよく分からないんですけど……多分滅多にひとにお会いにならないんじゃないですか、お仕事柄。そうでなければ、ひとにどう思われているのか、お分かりになるはずでしょう。

ゼート博士 全然会わないんだ、全然——そうでなくても人間しゃべりすぎで——おしゃべりなんて大嫌いだ、おぞましい、しゃべってばかりな存在！　しゃべっているうちに、なにもかもひっくりかえる、そう、右でも左でも、人生から転げ落ちる、ひっくりかえって……

客 （彼らに向かって杯を上げる）いいビールだね。うちの、アメリカでも、ビールはいいよ。だけどここのは、ものすごくいいビールだね。これだよ、これ。それにみんな、いつも親切だし！

ゼート博士 （目もくれない）……そして犬や猫の腹は膨れ上がる！——欠けた歯がパンに突き刺さり、目はただれる！　ひどい耳なりがして……

客 毎年ここへ来るんだ、道路は一流だし、従業員も一流だし、サービスも一流だ。ホテルでは毎晩枕の上にキャンディーが置いてある。すばらしい。うちもいいけど、ここもだ、すばらしい……

ズザンナ　どこもすばらしいところね、同感！

客　やっぱりそう思う？　うれしいねえ。めったに聞かないもの。あんたもここのひとでしょ、ここじゃみんな親切なんだよね。

ズザンナ　（話にけりをつけようと）まあね——アメリカに比べれば、きっとそうでしょうね……

次のセリフと重なり合ってしばらく大声になる。

ゼート博士　……そして魚は陸に飛び上がり、水を求めて口をパクパクする！……

ズザンナ　動物がいったいどうしたんです?!　関係ないでしょう！……

客　（バーテンダーに）いま何時だい？

バーテンダー　（怒って）いま言ったばかりでしょう！――従業員だからって、ばかにされるいわれはない！――なんでも三回繰り返すなんてごめんだ！　――お断りだ！――これは主義だ！――ばかにされるつもりはない！　ボケ老人じゃないんだから、馬鹿みたいに何十回も同じことを言ったりはしない！

短い間。

ゼート博士　（我にかえって）羽目をはずしたようですね。失礼しました。おっしゃるとおりです。この衣装のせいか――それとも、慣れない環境のせいかな、ついいい気持ちで悲嘆に暮れて、青臭い絶望にひたりたくなった。こういう所に、私は合わないって、言いましたよね。

ズザンナ　私だってここは初めてです。

ゼート博士　でも、一緒に踊るのは素敵だった。ありがとう。リズムがすっかり昔とは違ったけど……ここまであなたを探しにくるのは、大変でしたよ。

ズザンナ　あなたは……古き良きヨーロッパ風の……紳士でいらっしゃるのね、ここまで来てくださるなんて、私に会えるとも分からないのに……きっと決心がお要りになったでしょう。

ゼート博士　あなたに会う方法は他にないですしね。——ここにいると、まるで邪魔なお荷物になった気分だけど——これも新しい経験だ——、とにかく、こうしていればあなたもすぐ逃げ出したりしないね。この前、聞くの忘れたんだけど、いつか劇場にご一緒しませんか。——劇場なら話をしなくてもいいし——私もここよりずっと落ち着けるから。

ズザンナ　（感激して）ええ、ぜひ！（すぐに調子を落して）でもチケットを取ったり、面倒でしょう……

ゼート博士 そんな心配はいらない。——劇場へはよくいらっしゃる？——Exiles★1はもう見ました？

ズザンナ （疑わしげに彼を眺める）

ゼート博士 見に行きましょう——きっと気に入りますよ。

ズザンナ えーと……そんな、外国語のものなんて……どうかしら。最後に見たのは……昔の人で……うーん、なんて名前だっけ……親友二人のうちの一人で……二人とももう死んだ人で……どうして思い出せないのかな！……もういい、とにかく『殺人者』っていう題でした。——もう一年以上前ですけど。良かったわ。ちょっと男くさい感じだけど、風が吹きぬけるみたいに爽快で！——もしかして、もう二年たったかしら？

バーテンダー　（控えめに）多分、シラーの、『群盗』のことでは……

ゼート博士　（かっとなって）もちろんシラーの『群盗』のことですとも！

ズザンナ　（ほっとしてバーテンダーに）どうもありがとう。

ゼート博士　（怒って）訂正してもらうことはないでしょう！　ああいう知ったかぶりは悪い癖だ！　ぞっとする！　あなたがヘンリー・ミラーの『殺人者』を見て気に入ったとしたら、フリードリッヒ・シラーの『群盗』を見てつまらないと思うのよりずっとすばらしい！

ズザンナ　あのひと、いやな言い方じゃありませんでしたよ。（絶望して）どうにかして、一度でもぴったりな言葉を見つけられればいいのに――一度でもいいから！――そうできたらいいのに！

客　（杯を上げて）思想の自由をお与えくださいⒶ、女王さま！

バーテンダー　（荒々しく）引っ込んでて！（二人に）お話に割り込んだりして、でもどうかお気を悪くなさらないでください――こんなバーじゃ、だらしないことばっかりで――ご覧のとおり、いいかげんで、適当で、だらしなくて、ひねくれたことだらけ！　耳に入るものといえば、間違いか、汚い言葉か、乱れた言葉遣いか、生意気なもの言いか、無礼な言葉ばっかりで――もうたくさん！　ちょっとは気を遣ってもいいんじゃないでしょうか?!　こんなところだって！　仕事の後だって！

ゼート博士　彼女、黙っちゃったじゃないか。――きみのせいだ。

ズザンナ　（困惑したまなざし）あのひととは関係ありません……ただちょうど何も思いつかなかっただけ……

ゼート博士　（彼女を見つめる。間）眠いんですか？

ズザンナ　こんなに少ししか言葉を知らないなんて、いやになる――それとも、経験が乏しすぎるのかしら――なんにもお話しできなくて！

ゼート博士　（なだめるように）私の子守りじゃないんだから、いいんです。

ズザンナ　（間）ここがどんなところか、知りもしなかったし。ひとに聞いたの。ああ、そう、ご存知ですよね、この間の若い男のひと……（間。続ける）あなたにここでお会いするなんて、夢にも思わなかった……でも、来て下さってありがとう、慣れていらっしゃらないのに……（もう一度）本当に、何を言ったらいいのか……もしいま何かしゃべったら、愚痴ばっかりになりそうで……でも、愚痴を言うなんて本当に我慢できない……

ゼート博士　（彼女を見つめる。何も言わない）

ズザンナ　いま、パン屋で働いてるんです――気持ちいい仕事よ、夕方にはいい匂いが染み付いて――でもなんでも素手じゃなくてトングではさまなきゃいけないので、すごく面倒なの……（断言する）つまらない話でしょう。

ゼート博士　面白いお話なんて、してくださらなくていいんですよ。――おいしいパンですか？

ズザンナ　（まじめに）水曜日には、いいパンがあります――もしよろしかったら。

ゼート博士　（笑う）これまで、パンのことなんて考えたこともなかった。今度、ひとつ持ってきてくれませんか？――いつか、水曜日に劇場へ行きましょう、あなたはパンを持って来るだけ、後は私に任せて下さい。

ズザンナ　（パニック状態）いいえ――仕事で恐ろしく疲れてしまって、その後はすぐ寝ないと。だめです。本当にだめです。いいえ。

ゼート博士　残念だな。――あなたが考えるより、ずっと簡単なのに。私は、一人で劇場に行くのがいやだ。それだけなんだ。――人生なんて、あなたが想像しているより平凡なものだ――そうじゃなきゃ困る。

ズザンナ　（間をおいて）私と一緒だと、恥をかきますよ。（間。博士を楽しませようと努力する）ある本を読んだんですけど、延々**五百**ページも、ある若い女のひとの人生が描いてあるの。（せかせかとしゃべり、注意を自分からそらそうとする）そのひとの人生は、明るくも楽しくもなくて、どちらかといえば平凡で、惨めなくらいなのに、そのひと、文句も言わず、気にもかけずに生きてるんです。でも彼女、最後のページになって、なんの前触れもなく、自分は全然生きている必要がない、自分がいなくても誰も困らないし、自分自身も困らない、って思い当たるの。そんなことを考えても、大して苦痛でもない。絶望のがけっぷちとか、自己憐憫の谷底なんてものは見えてこない。そのひとは、いいことを思いついた、って喜んで、さっそく実行して、ガス自殺をするんです。それで本はおしまい。私もそれで充分だと思ったわ。ヒロインが、といってもあんまりヒロインっぽくないんだけど、死んで悲しいなんて思わなかった、だってもう散々迷ったり、悩んだりした後だったから。長々と悩みを語るのは、別に私、退屈じゃなかったけど。彼女、ちょうど日常に出会うような人なの、こう、中途半端な。それがとても素敵。彼女が本からぱらっと抜け落ちる、その単純な感じがなんともいえない。とても素敵だわ。ただ、灰が崩れるみたいに。彼女、こう……不器用に、分厚い本の端から端まで、松葉を敷いた小道をくねくね探り歩くの、空っぽな結末をいとおしむように。ごく普通の文章で、言葉使いもどうってことないのに、足りないものは何もない。――

ゼート博士 それ見なさい、ちゃんと話してくれたじゃないの。――老人の期待を裏切りたくなかったんでしょう。ありがとう。――いいですね、そのお話。書いて下さい。

ズザンナ 読んだ話だって、言ったでしょう！

ゼート博士 どうでもいい。そのお話を、あなたが書いたものが読みたいんだ。

ズザンナ　もうやめてください！――パン屋で、やっていけるんだから。その後は年の市で働いてるの。

ゼート博士　気に障ったらごめん、本当に。でも、年の市って？

ズザンナ　こうしてしゃべって、しゃべって、しゃべりまくる！――突然、おしゃべりで我を忘れてしまう、なんてひどい……耐えられない！　私……もう帰ったほうがいいみたい、本当に、そうしないときりがないから……ありがとう、どうも……（走り去る）

客　逃がしてやれ。絶対追っかけちゃだめだ。そうすりゃ、後で擦り寄ってくるさ。（バーテンダーに）ビールふたつ！（ゼート博士に）ここも、うちと同じだね。世界中、どこも同じさ。でもここは特に、同じだ。女は、逃がしてやること！

ゼート博士　（ぼんやりして）はいはい……旅人を引き止めてはいけない、とかって言うし……青春は、走り去る、ただ、去っていく……

客　そうさ！　そのとおり！　うちでもおんなじ！

バーテンダー　（ビールを置く）どうぞ。

客　ほんとにいいビールだね、これは。乾杯。——おれも自分の女を逃がしてやった。おれは一歩も動かなかった！　座り通した！　そしたら帰ってきてさ、いまじゃおれのもんだ。もう逃げやしない。ほら……（ジャケットから折り畳まれて縁のぼろぼろになったポスターを取り出す）これが彼女、（ポスターを広げる。旅行の写真を拡大したものなど）それからこっちが、娘二人……これが、うちの窓からの眺め……これは、おれがビールを飲んでるとこ、あっちのビールだ、すばらしい……これが近所のガソリンスタンドの店員……おれの車……

彼が写真を見せて説明しているあいだに、階段の上に若い男が現れる。音楽がうるさくなる。若い男は拍子に合わせて階段を下り、上り、また下り、上り、下り……

ゼート博士　（しばらく階段の上り下りを眺めたあと、突然、ダンスホールの端から端まで届く、音楽より大きな声で）やめなさい！　ふくらはぎを見せるんじゃない！　気分が悪くなる！　ふくらはぎと腿ばっかり！　それじゃあ二週間ともたないぞ！　白状しなさい、あのひとに言ってやりなさい、きみだってものを考えてるって！　こそこそと！　みんなと同じように！　そうじゃなきゃ、きみだって耐えられないんだって、言ってやりなさい！――あのひとは、自由な生活とか、いまこの瞬間を生きるとかって、きみのでまかせを信じ込んでるんだ！　きみの体育の先生みたいな言い草を！　ごまかしだって、正直に言ってあげてくれ、あのひとが壊れてしまわないうちに！

VII

路上で。夜。

階段ホールにいた男がズザンナに出会う。彼女は男の前を急いで通り抜けようとする。男は建築現場用のヘルメットを被っている。

男 もう一度ここで見かけたら、警察を呼ぶよ！　バルザールだって言っただろう、南の、公園の隣の、あれを探してるんだろう！――知ったかぶりをしやがって。それで、何かあると、すぐに文句を言う――お見通しだよ。こんな時間に！　それでこっちを猥褻漢呼ばわりだ！　ヘルメットも被らないでおいて、後から保険金をせしめるつもりか！　こっちは金まで払わされる！　とっとと地の果てまで行っちまえ！

ズザンナ　でも、あっちのほうにありましたよ！　エスプラナーデって――いまそこから帰って来たところなんです……

男　そう？――あそこにバーがあるのか。そうか、そいつは面白い。あそこはバーだって、すぐ伝えておこう。そういう話に興味のある奴がいるんだ！　本当にバーがあるかどうか、確かめるぞ！　必ず確かめるからな！

暗転。

VIII

ゼート博士の部屋。夕方。警部とゼート博士が話し込んでいる。

警部　夏にはいつもその島へ行くんです。毎年。できるだけ長く。いつも同じホテルに。――お二人も一緒にいらっしゃいよ、何日か、遊びに――ひどく退屈なのよ、もうたまらない。――そしたら夕方には一緒にどこかに座って――夜がとってものどかなの。――昼間は暑いし、夜も同じで、眠るなんてできない――だから外に座って何か飲むの。空気がビロードみたいに柔らかい。海を見ながら……というより、海の方を見ながら……なんにも見えないのよ……黒いきらきらが少しだけ――座って、うとうとしながら眺めるの――三日だけでもどう？――よくない？

ゼート博士　お二人で、って言われても。彼女のことはあまり知らないし、私一人では――いやです。私の趣味じゃないね。遠すぎる。私は、何かしなければ気がすまない性質《たち》で。――なんにもないとこなんでしょう！　その上そんなに暑いときたら……いやいや、私はだめだ。――郵便局もきちんとしてないだろうし！　いやいや……

ドアのベルが鳴る。

ゼート博士　……失礼――（開けに行く。裏で）ああ！

ズザンナ　（裏で）こんばんは。――これが、先日お話したパンです――一度試していただきたいと思って……それに、もう少し何か召し上がったほうがいいと思って――じゃないとがりがりに痩せてしまうでしょう……

ゼート博士　（裏で）ああ、ありがとう、これはこれは……どうぞお入りになって、ちょうどあなたのお話をしていたところなんです……先客がいまして……パンは、すぐに三人で試食しましょう。

一緒に入ってくる。ズザンナはドアのところ、薄暗がりに立ち止まる。

ズザンナ　（警部に）こんばんは。

警部　（立ち上がって）ああ！　こんばんは！

ズザンナ　（城などの床を保護するためのスリッパを寄せ木細工の床に置き、靴のまま履く。ゼート博士に）床をまたあちこち汚すといけないと思って……

ゼート博士　とんでもない！　そんなこと、どうでもいいのに！（床につばを吐く）寄せ木細工が、なんだっていうんだ?!（このあと、気が散って仕方がない。会話の最中にときどき、つばの跡がついていると思われる場所にそわそわと目をやる）

警部　一緒に座りませんか？（二人の方へ行く）ちょうど夏休みの話をしていたところなんです。

ゼート博士を、私のいつも行く島に一緒に来るよう、説得してたところなの。ひどく退屈なところで——痛くなるくらい退屈なの！——食べ物がまたひどくて！　どんなに注意しても、しょっちゅうお腹を壊すのよ、……

ゼート博士　あちらへ、どうぞ……（先に立って行く）

警部　（ズザンナに先を譲って、後に続く）最初から一週間は無駄になると思っておかないとだめなの。ひどい食事で。食事制限もしてみるんだけど——ヨーグルトだけとか、海の幸だけとか——でも役にたたない、どうしたってお腹を壊すの。

ゼート博士　（パンをさいて食べ、ときどきさりげなくパンくずを床から拾う）本当に、おいしいパンだ！
（警部に）ひとかけいかが？

警部　どうも。（試食する。パンくずをこぼす）これおいしいわね、本当。——でも、正にその殺伐としたところが、私には必要みたい。そのあと、また一年耐える気になるんだもの。──昔はスクーターを借りて島中乗り回したのよ。ビーチからビーチへ、スクーターを置いて、海に飛び込んで、一周り泳いで、またスクーターに乗って、次のビーチへ。──二時間もすれば島一周よ。おお嫌だ。毎日おんなじ。今じゃそんなのやめたわ。一日中、日陰に座って、ホテルのテラスで、退屈するの──もう太陽の位置で時間がわかるくらい。パラソルの下にいる私の左足の親指に日が当たると、五時……

ゼート博士　地獄だ。

警部　（ぼんやりと眺めながら）まあ、こんなふうに話してみると……でも、すばらしいところよ……運命だわ！──本当に素敵なところ。──夏になったらあそこへ行けるって考えてないと、どうにも耐えられないのよ……（もの思いにふけってパンくずをぽろぽろとこぼす。ズザンナに）あなた、一緒に来ませんか？

ズザンナ　（椅子に緊張して座っている）さあ、……よければ……私……

ゼート博士　最初を聞いてなかったでしょう。（目立たぬようにパンくずを片付ける。これ見よがしにパンを食べる）本当に、あなたのパンはおいしい！

ズザンナ　私は売っているだけ……自分で焼いたんじゃないんです……

警部　どうしてパンなんか売ってるんですか？　新作の取材？

ズザンナ　いいえ、私……パンもいいかな、と思って……

ゼート博士　（助け舟を出す）白状なさい、取材でしょう。

ズザンナ　ええ、まあ……そんなところで。

警部　でも、それが終わったら、二人とも来てね。お願いだから、豪華客船に乗ってきて。ヴェニスから。絶対に。夕方の六時に、町の真ん中を通って出発するの！　サンマルコ広場の目の前から！　大きい客船よ。六百人乗れるんだから。私はいつも最高の部屋を取るの、船首にあって、小さいバルコニーもついて、二部屋の――それだけの価値はあるわよ。船にだって、ここみたいに、人目につかなくて、空っぽで、静かで、ぼんやりした雰囲気のとこもあるから、心配しないで。みんなプールに行っちゃうから。――夕方六時に出発で――それからバーとか、静かなホールとか、どこかの隅っこに座りこんでればいい――プールが四つもあるのよ！　それがどれもぎゅうぎゅうに混んでるの！――それからベッドに入る。翌朝の五時にはほら、例の、ギリシャの海峡に着く――するとベルでたたき起こされて、無理やり眺めさせられて、またベッドに戻る。九時にはアテネに到着――みんなアクロポリスまで登っていくのよ、ひどく暑いのに！　二時まで停泊……

ゼート博士　それで、あなたはまだバーにいるんでしょ？――今度は港で？

警部　いえいえ！　そしたら私はプールに行くの――誰もいないから――それからピレーウス半島を眺めて、やれやれ、みんな可哀想に！　って考えるのよ。――その次はイスタンブールへ、あのエメラルドと金でいっぱいのお城、なんてったっけ、グラナダじゃなくて——タージマハルとかなんとか——バケツで汲むほどエメラルドがあるの！　こーんな、緑の石っころが。（大きさを示す）すごいんだから！　そこではいつも船を下りて、見物するの——停泊時間も長いし——そんなこんなで、真夜中の一時にあの島に到着すると、すぐに麻痺の感覚に襲われる——毎回、首をしめつけるような恐怖——船に走って戻りたくなるの、いつも、毎回。——でも、結局いい薬なのね。そのあと一年、またここでの生活に耐えられるんだもの——一緒に来る？

ズザンナ　（惹きつけられて）素敵ね。

ゼート博士　（間を置いて）だけど？

ズザンナ　素敵。（感動して警部の手を取る）素敵だわ。

ゼート博士　（間を置いて）そうかも知れない。——でも、私はまずここできちんと仕事をして、なにかきちんとしたものを書き終えてからにしないと。明確に、手堅く、発想から作品の完成まで、――全部ここで、現場で仕上げるんだ、どこかへ出かけてばっかりじゃなく……休暇なんて、そんな余裕はない……昔は何度か試してみたんだが……最後は二年前だった――まるで逃亡そのものだったな。――旅行かばんは持ってる……ちょっと待って……（立ち上がって出て行く。退場しながら、つばの跡がついているかも知れない場所を拭く）

警部　（しばらく黙ったあと）本当に、おいしいパンね。

ズザンナ　水曜日限定のパンなんです。――ええ。――（話題を見つけようと困惑して）それで、あちらのひとたちとはどうやって話すんですか？――難しくありません？

警部　ドイツ語を話してくれるのよ、ありがたいわ。――私はほかに何もしゃべれないんだもの。――またお会いできてうれしいわ。授賞式の時にお目にかかりましたよね。あなたのおかげでゼート博士にもお近づきになれました。――どうしてらっしゃいます？

ズザンナ　ええ、そうね……まあまあ……（神経質に見回しながら）そういう小話がありますよね、「まあ、くねくねと、なんとか進んでますよ」、とか……蛇と小鳥の出でくる小話で。――どっちが何て言うんだったかしら？――とにかく、私もそんな具合なんです。

警部　小話って、どんな？

ズザンナ　蛇と、小鳥が出てきて……えーと、たしか小鳥が蛇に「ご機嫌いかが」って訊いて、蛇が「まあ、くねくねと、なんとか進んでますよ。それで、あなたは？」って。小鳥は赤くなって、「……同じようなものです」とかなんとか言う……

警部　悪いけど、知らないわねえ。小話はよく分からなくて。で、パンの話は、小説になるの、それとも詩？……

ズザンナ　（急いで）まだ分かりません。――お金のためでもありますの、私……今のところこうしてお金をかせいでいるので。

警部　ああそう。ばかなことを訊いてごめんなさい。もちろん、そうよね！　もうご承知かもしれないけど、いい慰めにもなるかもしれないから、言っとくわ、（引用する）悪い時代を乗り切るには忍耐が一番。――？

ズザンナ　（立ち上がって、スリッパのまま床のうえを機械的に滑りまわる）はいはいはい……知ってます、はい。そういう文句は他にいくつも。毎朝、その手の言葉を自分に言い聞かせる、毎朝、書き始めるまでずっと。すると、効き目が出てくる、効いてくる、おかげで、効いてくるんです。そのあと、書いている間には、そんな文句は必要じゃなくなる。そんなはずはない！　って思うと、心配も消えて、いい気分で、上手くいくの。分かってる、分かってるわ。私には忍耐がある、忍耐がある――ただ、お金が！――お金のことは言わないもの、黙って持っているのがいいって、分かってるけど……これも、ことわざよね、分かってるわ……

彼女は舞台の端にたどり着く。ライトが消える。彼女は影の中に立ち尽くす。身動きせず、ほとんど彼女とは分からず、まるで家具のように。

d

舞台の上空に、イタリアの雲に乗ったゼート博士が現れる。彼は旅行かばんを手にしている。

ゼート博士　これが、私の旅行かばんだ！　いつもと同じように、体系的かつ科学的に荷物をつめてある！　狭い場所に、ちゃんとなんでも入ってる。この何年か、だんだん重くなってはいるが。年をとると、必要なものが増えるものだ。――これで私はいつも旅行してきた。いつも同じように。列車に乗り込み、ローマへ行き、駅の構内でエスプレッソを飲み、ヨーロッパ中どこでも同じ単調な光景に嫌気がさして、すぐ次の列車でナポリに向かい、駅のそばに泊まる――かばんの中のもので必要なのは歯ブラシだけだから、かばんは開けずに荷物預かり所に置いて、新しい歯ブラシを買う――ホテルは騒音のインフェルノ、目も閉じていられない、翌朝カプリに渡ると、知り合いを見かける——ここと同じ顔を見に、カプリまで来たわけじゃない！　きびすをかえしてナポリの大きな港へ帰る——鉛のように重いかばんを持ったまま、それにあの辺りの港町はみんなそうだけど、とにかく暑い。船が見える、二時間後にマルタ島に向けて出航する船だ、そうだ、マルタ島！　と私は飛び乗るが、ぼろ船だ！　何時間もイタリアとシチリアの間をのろのろ動き回って、先へ進まない、やっと夜中にシラクサに着くと、もうたくさん、船から飛び降り、汗びっしょりになって、ホテルを探す、真夜中に、かばんを下げて。やっと見つかるが、洗面所がなくて、翌朝六時には臭い山羊の群れが窓の下を通る、眠るなんてとんでもない、シャワーも浴びず駅に行き、列車に乗る、シチリアの南海岸へ！　毒と疫病！　死ぬ！　何キロも続く重工業地帯、泣けてくる！　コンパートメントはかさぶたと掻き傷で一杯！　アグリゲントで降りて、船でパンテレリアへ——刑務所だ！　島流しだ！　すぐにパレルモへ飛ぶ、プロペラ機で。パレルモは砂漠から吹く大風とやらでたまらない、すぐまた港へ行き、船でモロッコへ、汗でべとべと、おまけに港でタールの塊に腰を下ろしてしまった——腐った、すすけた、汚れのこびりついたおんぼろ奴隷船だ、かばんは開けてない——どうして開けて、秩序を乱す必要がある?!——モロッコ！　二度と見たくない！　すぐにアルジェリアへ――無かったことにしよう！　アフリカはアフリカ人に返そう！――やっとマルセイユ行きの船が来た、フランスの船だ！　一等の船室をとる、最上の部屋――フランスで言う最上の部屋だ、ぼったくりもいいところ、シュシュ、ボンジュールムシューボンジュールマダムイシラディオディジョン、とかなんとか言って！　それにフランス料理ときたら！――旅の間中船室にこもって、飲むのはミネラルウォーター、食べるのはクネッケ。……（間を置いて）でもときどき、確かに、また出かけたくなる……きっと……ローマへ……駅でエスプレッソを飲んで、かばんを持って……どこかに滞在するつもりで出かけて行くなんて、耐えられない……それでも最後には、ある場所に着いた――リミニに十日間。これでおしまいだ、リミニ、新築のホテル、町外れ、三食付き。海には入らず、ただ浜辺に横になって、部屋代込みの専用デッキチェアはナンバー五十三、ワインを飲んで、海を眺めて、うとうとする。すばらしい。――夕方六時から――八時まで――なにか適当なものを食べて、また少し海を眺めて、人間観察をして、ベッドに入り、朝にはクリームの詰まったコロネを売るカウンターへ――（涙ぐんで、笑う）いや、本当に、すばらしかった。言葉には言い尽くせない――リミニ――

間を置いて

ゼート博士　絶対に一緒に旅行に行きましょう——三人で——絶対に。

ズザンナ　（去る）

ゼート博士　（重苦しく、まるで救いにすがるように）マリーエンバートがいいかな……カールスバートか……どうだろう——

IX

年の市。音楽（楽隊）、叫び声。

舞台の上には「ズザンナの水浴び」の小屋が立っている。

これは的当ての小屋で、客がボールを穴の中に投げ入れると、仕掛けが動いてズザンナの座っている小さな板が下に傾き、ズザンナは水の張ってある水槽に落ちる。

板が元の位置に戻ると、ズザンナは縄梯子のほうへぱしゃぱしゃと泳ぎ、攀じ登ってまた板の上に座り、次の当りを待つ。プール、縄梯子、板と観客の間は透明なプラスチックのシートで区切られている。全体的に天気占いのための雨蛙の水槽を巨大化したものを思わせる。

ズザンナは薄いシャツを着ている。

若い男は呼び込み役。

若い男　寄ってらっしゃい見てらっしゃい、遠慮はご無用！　ボール五つで三マルク！　当たると、ズザンナがお風呂に入るよ！　いい話だねえ?!――投げよう、当てよう、かわいい秘密が透けて見えるよ！　そこのおじいさん！　眼鏡はちゃんと持ってるかい？　手が震えるって？　さあさあ！　こんなことってある?!　あんな美人を乾かしといていいのかい?!　誰でも知ってる童謡があるだろう、すべての山がひとつの山で、すべての海がひとつの海で、そのひとつの山がひとつの海に落っこちたら――さあどうかな?!――そうだ！（指揮する）おお聖なるズザンナよ、そしたらお風呂は大嵐だ！――嵐を呼ぶ男はどこだ?!　落ち着いた手で見事壁の穴をつらぬく男はどこだ?!　さあさあさあ?!　そこのあなた?!　勇気あるお若い紳士に拍手を！（客がボールを投げる）おや?!　だめかな?!　あんた、彼女んとこでそんなに的を外したら、あきれて主導権握られちゃうよ、なさけないねぇ……（ボールが当たって、ズザンナは転げ落ちる。びしょびしょに濡れて板に攀じ登る。シャツを通して彼女の体が透いて見える。ゼート博士が綿菓子を手に端に現れる）ほら、言ったとおりだろう?!　古くはレンブラントも興奮したものに、今は見世物小屋のお客さんが大喜びだ！――我らが魅惑のズザンナを次にお風呂に入れるのは誰だい?! ボール五つで三マルク! お安いもんじゃないか!……

ゼート博士 (前に押し進んで若い男に興奮して小声で話し掛ける) やめなさい! すぐにやめなさい! こんな悪趣味な!

若い男 (博士に) そんな、けちけちしないで――ただの仕事なんだから……(大声で) きみきみ! また乾いてきちゃったじゃないか! こんなことがあっていいもんか! お人形さんをはやく濡らさないと! お次はどなた?! (ゼート博士に) 感情的にならないことですよ!――おれたちのために、東プロシアのどっかの畑で農奴が六百人も死ぬまで働いてくれるっていうんなら別だけど――じゃなきゃ自分で稼ぐしかないだろ……

ゼート博士 でもこんな……こんな尊厳も……品もない!……

若い男　（その間にも次の客にボールを渡して）さあどうぞ！（外れ）あーあ、いったいどこで運転免許とったの⁉　それとも盲導犬をうちに置いてきちゃった⁉（客が五回とも外したあと）これじゃああんまりかわいそうだから、不幸な男にサービスでもう一球……（自分でボールを穴に打ち込む）パン！　落ちるぞ！（ズザンナは水のなかに座っている）これで子供はきゃあきゃあ、雄牛はもうもう、大喜びだ！（ゼート博士に）以前はもっとましな詩を作ったもんですが……

ゼート博士　（気を引き締めて、努力して叫ぶ）今日はこれでおしまい！　閉店！　休憩！

若い男　気でも違ったのかよ⁉　ちょうどのってきたところなのに⁉

ゼート博士　短い休憩です！――どうぞ先へ進んでください！――またあとでどうぞ！　先へどうぞ！（カウンターを乗り越えて水槽へのドアを開け、ズザンナに命じる）出てきなさい、これは……これは……これは……人間を見下した行為だ……さあ！

見物客は立ち去る。

ズザンナ (プールからびしょ濡れで、震えながらあがる) ここで何なさってるんですか? (困惑して) ちょっと見世物見物でも?……

ゼート博士 (彼女に自分の上着を渡して) これを着て。(若い男に) きみはひどい、ちっぽけな……ヒモだ、それ以外の何者でもない! (ズザンナに) あなたも一緒になってこんな安っぽい、つまらない三文……オペラの……くだらない……悲惨なことをやったりして!

若い男 なんと繊細な魂だ!――これのどこがヒモなんだ、説明できる?!――はじめは代わりばんこにやってたんだ、でもお客はおれなんか見たがらないんだよ! それだけのことさ!――高原地帯に別荘を遺してくれるようなおばあさんはおれたちにはいないし! だから自分の手でつかむしかないのさ!

ゼート博士 だからと言ってこんなに自分をおとしめることはない。(ズザンナに) いらっしゃい……

若い男　おとしめるだって！　落ちた先だってたいして悪いことはないかもよ、あんたが思い込んでるほどにはさ?!――おれの知ってる奴らには、上だの下だのなんて区別をいっぺんもしたことのないのもいるぜ！……

ゼート博士　そんなばかなことを言うのはやめなさい！――これのどこが悪いのか、分からないと言うなら……それなら……まずは本でも読みなさい！（ズザンナに）行きましょう。私の家で着替えて暖まればいい。

ズザンナ　ありがとう。でも続けたかったんです、ちょうど上手くいっていたので。（慰めるように）そんなに興奮しなくても――嫌なことはありません――水は温かいし――

ゼート博士　一緒に行きましょう！――もしかして、この……若者がなにかこぎれいな思想を上手く売り込んだのかも知れないが――あなたはここでさらし者になって自己憐憫にふけるよりほかに、もっと大事なことがあるでしょう！（手を出す）行きましょう……

若い男　（ゼート博士を持ち上げてカウンターの向こうにやる）手を出すな！　こいつはもう大人で、やりたいことをやっていいんだ！――うちへ帰れ、さもないとあんたも板の上に上りたくなるかもよ！　伝染するんだ、これが！――それじゃあ嫌でしょう、博士さま！　誰でも嫌だろうからね！　なぜなら人間はみな上を目指すから、だろ！　でも、言っとくけど、みんなが行く方には、行かないほうがいい！　そういうもんさ！　さあ、もう仕事の邪魔はしないで！

ズザンナ　（ゼート博士に）そんなにおおげさにしないでも……

（水槽に戻りながら博士のために詩を考え出す）

すっかり濡れてしまっても……

なんてことない……

私は私

努力はやめず……

地面を避けて
草地を避ける……
ほとんど詩みたいじゃない?――いい詩かしら?……（板の上に座りなおす）

若い男　（呼ぶ）さあ、続きだ！　元気をとりもどして……アイロンもかけなおして、ズザンナが……丘の上に座っているよ！（ゼート博士に）あんたのせいで調子が外れっちまった。（大声で）投げる勇気のある老若男女はどこだい?!　最初に石を投げるのは誰だ?!（ゼート博士に）文字通りにとらないでくださいよ……

暗転。

X

前方の、舞台の縁に沿って病院の廊下。
ときどき病院の職員が急いで通る。ところどころにガウンを着た患者。
ゼート博士（ガウンを着て）と警部が（お見舞いに来て）わきから現れ、散歩する。

ゼート博士 分かりません——気分はいいんですが、ただ何ものどを通らなくて、一口も、飲み物もだめなんです。どういうわけか食欲がなくなってしまって——お腹もすかないし、のども渇かない——

警部 うらやましい！——私なんか本気で我慢しなきゃいけなかったんだから！ 以前、昼休みにカフェに行く習慣だったの。そしたら食べ物がよく身につくようになって、腰の辺りが、その……しっかりしてきたの。自分の泳いでいる姿が急に嫌になったわ。

それ以来警察の食堂に行くようにしてるのよ。まあ、それくらいで文句を言うのは良くないんだけど。とにかく座ってする仕事なので、ちょっとは控えないと。殺人犯を追いかけたりするのは、健康には良さそうだけど、たまにしか機会がなくて。正直言うと、本当は一度も追いかけたことなんか、ないの。訓練では、早く走る練習もしたんだけど。今じゃ、年に一度、立ったまま射撃する訓練に行くだけ。その他は、ずっと机に向かってるか、車に乗ってるか。署にはエレベーターもあるし……でも、食べる努力はしなきゃだめ！　冗談じゃない。それで死んじゃう女の子だっているんだから！

ゼート博士　（笑う）そういう年ではありませんよ。――いや、嫌になったんだ。そうだ、もう嫌になったんだ！――ここに、才能に恵まれた人間がいるのに――私は才能を見分ける目があるんだ、山ほど人を見てきたから――なのにその人はせっかくの才能を投げ出そうとしている！　いくら才能を見出しても、これではどうしようもない！――いつもこうだ！　あきらめてしまったり、途中で倒れてしまったり、落ちぶれたり！――ズザンナの水浴びだと！　これじゃお終いだ！――我々の文化は泥沼なんだろうか、毒気に満ちていて、中流以下の出身者は免疫がないから全員くたばるとでもいうのか！　我々の与える賞は罠なんだろうか、無邪気な夢想家を捕まえて、文化の機械を動かす燃料にでもしようというのか！——こんなことを目にして、やめさせようとせずにいられるだろうか?!　自分が高く評価しているものや、価値あるものを守るためには、かえって足を引っ張ってやるべきなんだろうか?!　支援しようとして、かえって壊してばかりだったのだろうか?!　朝から晩まで、間違ってばかりだったんだろうか?!　勝ち組のおしゃべりに賞を与えて、文化の機械に投げ込んでやったらよかったのか?!　文化の泥沼のバケツを、文化の泥沼の子供たちでいっぱいにしてやったら！　あいつらなら慣れっこだ。私のしたことは、全部あべこべだったのか?!　本の虫の私が、本を壊し、だめにしてばかりだったというのか、世の脚光を浴びせようとして、実は本を引きずり下ろしてばかりだったのか！

警部　疑いは——よくないわ。おやめなさいな。死んでしまうわよ。疑いは、気づかないうちに私たちの脳に忍び込む、——一度脳に食い込んだら、何もかも食い尽くしてしまう、サナダムシみたいに！——私なんか、ときどきただ一つの言葉につまづいただけで——もう疑いが忍び込んでくる、そしてすべてを蝕み、崩してしまう！——尋問の最中にわき道にそれて、考え込んでしまう、——例えば——なぜ尋問というのか、問いをたずねるうちに、どこかへ迷い込んでしまうのが私の仕事なのか。——もしかしたらすっかり騙されていて、やっているつもりのこととは逆のことをしているのかしら?——それから、自白! 最後に白紙に戻るのは、どうにも避けられないのかしら? それとも、言葉のせいで、何もかもひっくり返し、誤解して、消してしまうのが私のさだめなのかしら? 知らないうちに、死神にでもなったみたい、私の職務は、すべての言葉を終わらせること、真っ白にすること。——そうやって一日が過ぎて、夕暮れがせまり、ぼんやりと前を見つめて、のどをつまらせ、私は……これが疑いってものよ、よくないわ。おやめなさい。——あなたのしていることは、絶対に正しくて、重要なことだって……そう信じなくちゃ!

ゼート博士 (陽気に) ありがとう。あなたに尋問されるのは、きっと楽しいでしょうね——あなたがそこに座って、窓の外へ夢を追いながら、自分の仕事の意味や無意味について瞑想しているあいだに、殺人事件のぞっとするようなディテールを供述する……あなたが報告書にまとめる自白は、さぞかし魅力的な哲学の書になるんでしょうね?

警部　全然。言ったでしょ、自分でものを考えたりしないようにしてるの――そういう柄じゃないのよ。私の報告書は簡潔そのもの。――本は読むだけで充分。

ゼート博士　（間を置いて）権力のせいだ！　そう、権力のせいだ。――彼女の立ってた様子、びしょ濡れになって……絶望して……私の目は騙せやしない、軽薄なふりをしていたけれど、不安で震えていたんだ、寒さのせいじゃない……

警部　あなたのせいじゃないでしょ。――なんでも自分のせいにしたがるのは、悪い癖だわ。かえって傲慢なんじゃない！――一緒に、島に来る？　招待するから。ね？　来てくれたら、嬉しいわ。フリッツの話をしてあげる、お仕事のために――日に当たりながら。――その本、まだ書いてるんでしょ？

ゼート博士　いえ、最近は。余裕がなくて。――ありがとう、本当にうれしいんだけど、でも、ここにいることに満足できるようになりたいんだ、いま私のいるここで、――ぜひとも、いま、ここで！

警部　分かってる、つまらないところだし――確かに――自分の家があるわけでもないし――でも昔は、島に渡るっていうのは、なんか特別な意味があったみたいよ――その意味をまた探ってみるのも、いいんじゃない……

ゼート博士　島、島って！

警部　動物が見られるかもしれないし――それとも、日没とか！　うっとりするほど綺麗だって評判よ、日没が。

ゼート博士　（迷って）まあ、悪くはないか。――確かに、日没も悪くないかも……

二人とも退場。

暗転。

XI

バロック風のホール。
ゼート博士はやせて、やせて、やせ細って青白い。ご馳走が山盛りになった食卓の前にじっと座っている。彼の隣には看護師が座ってしきりに話し掛ける。
背後でヴァイオリニストが演奏している。

看護師 仔牛のすい臓のサルビア・バターソース、マンゴルドムース添えを少しいかが？

ゼート博士 （動かない）

看護師 それとも、タンポポの若葉のサラダと子羊のレバーにタイムの芽はどうかしら？

ゼート博士　（動かない）

看護師　ゼートさん、何か食べなくちゃだめでしょう！——もしかして、裏ごししたもののほうがいいかしら？——クレソンのクリームスープは？　サーモンの浮身がはいってますよ？——とても柔らかいのよ。——それとも何か甘いもの？——木苺のグラタンは？

ゼート博士　（動かない）

看護師　（手段をかえて）今朝は、可愛い、小さな、素敵な子山羊さんに会ったわねえ？——ねっ?!——楽しかったわねえ、可愛い、小さな、ざらざらした舌で手を舐めたでしょう、ね？——今朝だったわね？——覚えてる？

ゼート博士　（動かない）

看護師　動物園でね?!

ズザンナが入ってくる。花を持って、お見舞いに来た。

ズザンナ　で、どう？

看護師　全然、何も。

ズザンナ　（食卓につく）食べていい？（食べ物を取る）ゼートさん、どうして何も食べないの？——ご馳走じゃない！（食べる）

ゼート博士　（動かない）

ズザンナ　ゼートさん！　しっかりしてくれないと！　逃げたりしないで！　あとは野となれ山となれ、ってことなの?!——その前にちょっとは何かしたら！——一度くらい！——

記念のアルバムに詩を書いてあげたでしょう——ここに留まって努力せよ、地面や草に触れることなく——とかなんとか。——詩なら信じるんでしょう、だったら！

看護師 それともまた横になります？

ゼート博士 （動かない）

看護師 （ズザンナに）バロック様式が気に障るのかしら？　普通はこういう環境でいい結果が出るんですけど。——ゼートさん！　バロックはお嫌いですか？

ゼート博士 （動かない）

ズザンナ 見てらんない……（立ち上がる）こんなの大嫌い！（ゼート博士を平手で打つ）この……意気地なし……！　我慢できないわ！　この……ガス！　ガスみたいな！——息の詰まる毒ガスめ！（博士の襟首をつかんでゆする）やめなさい！　私、我慢できない！　あなたの夢見たとおりに私がならないからって、どうしろって言うのよ?!　食べなさい！　動きなさい！　この……情けない！――私のせいじゃないでしょう！（無理に食べさせようとする）私……私……（博士をもう一度たたき、ゆすぶり、急に離す。間を置いて）すみません、許して……

看護師　（ズザンナに）ときどきはこれが効くんですよ……（ゼート博士をびんたして）ゼートさん！　聞こえました?――このお嬢さんを怒らせたくないでしょう！　いいの?――いなくなっちゃうわよ。――帰っちゃうわよ、そしたらまた二人でここに座りこんで、時間はなかなか過ぎないし、なかなか夜にならない！――それでもいいの?!

ゼート博士　（ゆっくりと前へ倒れ、食べ物の上にうつぶせになる）

看護師　あーあ！　また気を失って！　これじゃあまた最初からやり直しね、点滴しなきゃ。もう静脈がこちこちなのに……やれやれ……（ズザンナを連れ出して）頑固な、年寄りの赤ん坊でねえ。――でも、お見舞いに来ていただいて、喜んだと思いますよ。目を見れば分かるんです、きらっと光るので。——きっとちゃんと誰だか分かっていましたよ。あなた、いつも特別意固地なふりをなさるでしょう……まあ、なんとかなりますよ……

二人は退場する。ゼート博士は身動きもせず食べ物に埋まっている。
警部がケーキを手に登場する。

警部　ゼート博士?——こんにちは、私のお気に入りのカフェから、おみやげを持ってきましたよ……寝てるの?……(博士に近寄るが、手を触れかねる) そう、そう、眠るのはいい手よね……よく考えると——(博士の隣に座り、ケーキの箱を開けて食べ始める) こんな人生は眠ってても送れるのよね——(続きを半ば博士に、半ば自分自身に語って聞かせながら、機械的にケーキを詰め込み続ける) 例えば眠りながら——「こんにちは、警察のものですが。」——「ああ、この年になって、お目にかかれるなんて光栄です。八十三にもなって、活動写真でしかお目にかかったことがないんですよ。」

「まあ、いまどきは映画って言いますけど。きっとそのせいですれ違ってばかりだったんでしょう。」

「かもしれませんね。――ところでなんのご用ですか。」

「私の持ってる、この物体についてなんですが。なんだかわかりますか？」

「ええ、これは私の妻の頭ですね。」

「そうですか⁈」

「ええ、今朝買い物に行きましたけど。」

「そのあとはお会いになってない⁈　今、この瞬間まで？　よく思い出して下さい。」

「いいえ、確かです。八十三とはいえ、会っていたら思い出せるはずです。」

「そうですか……じゃあ、奥さんの殺しとはなんの関係もなさそうですね。――今日のところはこれで。どうもありがとう。」

「どういたしまして……出口はこちらです……さようなら……」

――そして階段をおりて、問題の物体を車のトランクに入れ、家に帰る――映画館でも、現実でも、確かにありうる話よね。――窓の向こうでの殺し、テレビの中での殺し――どっちもおんなじ。あなたの言うとおり……分かる分かる……なんか足りないのよね……

しゃべっている間に、明かりが少しずつ弱まって、最後はぼんやりとした明るさだけが残る。

ズザンナが知らない間に舞台の縁に腰かけ、身動きせずに——家具のように——座っている。警部は食べ続ける。ゼート博士は動かずに食べ物に埋まっている。

e

舞台の上空に授賞式の雲が現れる。

その雲は第一場を思い出させる——多分その一部——ただ、全体がもっとカラフルで、派手。

小さな説教壇に若い男が立っている。その前に座っている客は——観客に背を向けて——クランツ夫人、奥さんと指揮者つくり。四人とも薄くて透明なビニールのコートを服の上から着て、同じような帽子を被っている。なんの音もしない。

それから——とても小さな音で、デパートのバックグラウンドミュージックのように——舞台裏から

ワン、トゥ、アワントゥスリーフォー……


ばかばかしい、カタカタ言うだけの音楽、歌詞はなく、ただワン、トゥ、アワントゥスリーフォー……、それにあわせて能天気な、駆け巡るようなバンジョーの音。

それにあわせて若い男がスピーチする。

若い男 今日、ここで、他でもないあなた方から、他でもないこの賞を頂かせていただく喜びの大きさを、とても言い表すことはできませんが、この賞は私を、さらに賞に値打ちするようになるよう、義務付けるものです……

クランツ夫人 (隣の席の二人に) 賞にあたいする、って言いたいんでしょう⁈ いまどきのひとは国語もろくにできないのね! どうなっちゃうのかしら⁈

指揮者つくり おしまいだ!

奥さん 本当におしまいだわ!

明かりが消える。音楽はどんどんうるさくなり——

突然消える。

終

訳注

★i—ジョイスの『流刑者たち』

★ii—シラー『ドン・カルロス』第三幕第十場。

訳者解題

中途半端な人々

高橋文子

マティアス・チョッケは一九五四年スイスの首都ベルンに生まれた。曽々々祖父はドイツからスイスに移住した作家ハインリッヒ・チョッケである。チューリッヒでの演劇学校終了後の一九七七年、チョッケはペーター・ツァデックのもと、ボッフム劇場の団員となった。しかしたったの三年で俳優業に見切りをつけ、ベルリンに移って作家・映画監督としての活動を始めた。とは言っても始めは美大のモデルをしたり、それ以前にも七〇年代にはナポリの動物園で飼育係りをしていたりと、真っ直ぐな道を歩いてきた作家ではない。

デビュー作となった長編小説『マックス』の主人公もまた、俳優となるが失望してやめてしまう。『マックス』はベルンの新聞に掲載され、出版前の一九八一年にロベルト・ヴァルザー賞を受け、翌年に出版、一九八九年にはフランス語に翻訳されている。マックスは、主人公というよりも、断片的な描写の主題である。マックスとは何者か。この疑問に答えるべく、文章が重ねられ、しばしば突然に途切れる。マックスはこうかもしれない、ああかもしれない。そもそもマックスという名ではないのかもしれないが、やっぱりマックスにしておこう、云々……。現代に生きる「特性のない男」マックスは、チョッケの描く人物の原型と言える。それは、中途半端な人々、半分だけの人間である。劇的な体験をしようと思っても、恋に落ちようと思っても、いまひとつ何かが足りない。小説の終わりに、七回も「最終章」を繰り返した上に後書きまでついていても、結局マックスはきちんと生きも死にもできない。第三作『かれかのじょそれ』の主人公エアジエースには決まった性さえない。彼になったり、彼女になったり、年齢も体格も変わる人物が、脈絡のない人生を生きて行く。それでもチョッケの小説はただのナンセンスではなく、現代の都会で生きる人間の半端さ、人生の脈絡のなさを的確に捉え、ユーモラスに、ぬらりくらりとした文体に写しているのである。絶望的な暗さはそこにはない。ロベルト・ヴァルザーの文体に似ているとよく言われているようだし、チョッケ本人もヴァルザーを敬愛しているという。確かにとぼけたようなイロニーと、ふらふらと散歩する人のような視点、そこに隠された鋭い観察とは同郷の詩人ヴァルザーに近い。

二〇〇六年出版の小説『雌鶏をかかえたモーリス』は、ベルリンの北で手紙の代筆屋をしているモーリスが主人公、と具体的に決まっている分、わかりやすいのだが、何ページにも渡るまたぬらりくらりとした妄想シーンが入っていたりして、迷路のような面白さがある。モーリスもまた、大した体験もできない人生への絶望を足もとに感じ、戦慄しながらも、結局ふらふらと日常を生きている。しかし、モーリスがもの思いのわき道にそれて行くとき、読者は、そしておそらくモーリス自身も、結局人生は楽しいのではないだろうか、という強い疑いに襲われるのである。

『文学盲者たち』は一九九二年にゲルハルト・ハウプトマン賞を受け、一九九四年ベルンで初演、同年にベルリンのドイツ劇場でも上演され、一九九五年にゲーテ・インスティテュートの翻訳奨励賞を受けている。

この戯曲の原題 Die Alphabeten は、ちょっと変わっている。「アルファベット」は、ふつう複数では使わないし、複数形はアルファベーテである。ドイツ語でアルファベーテンと言うとき、その響きで思い浮かべるのは否定を表すアンを頭につけたアンアルファベーテン、つまり文盲の人たちのことである。アルファベーテンとは、文盲でない人たち、文字に通じた人たちのはずなのだが、響きの類似性から、それでいてどこかに欠けたところのある人たちと感じられる。英訳の題は **Literate people** となっていて、実に簡単なのだが、日本語では真似ができない。苦心した結果、このような題にした。

『文学盲者たち』は文学界、とくに文学賞の風刺である。アルファベーテンとは、授賞式に群がる様々な人びとであると考えられる。そこには有名指揮者クランツ氏の夫人とその取り巻きのように、文学など何も理解せず、ただ華やかなパーティーを求める権力者たちがいる。また、文学に没頭するあまり、人生を二次元で、紙の上でしかとらえようとしないゼート博士がいる。授賞式のサクラをしている気楽なその日暮らしの青年マルティンがいる。その中で、文学賞の受賞者ズザンナは経済的な困難と、権力者の無理解とに押し潰されそうになっている。

しかし、『文学盲者たち』を、ただ作家をとりまく状況の困難を描き、批判した作品と見るのはつまらなすぎる。確かに、ズザンナがマルティンの生き方に引きずられ、果ては年の市で見世物同然になり、そのショックでゼート博士が拒食に陥るという結末は悲劇的と言える。しかし、ズザンナの物語を没落と見るのはゼート博士の視点であり、ゼート博士は決して作者の第二の自己ではない。むしろかなり突き放され、滑稽化された人物である。古い型の文学者であり、机に噛り付いているゼート博士は、最後にはズザンナに「あなたの夢見たとおりに私がならないからって、どうしろっていうのよ?!」と怒鳴りつけられる。そのズザンナも、昼はパン屋、夜は的当て小屋「ズザンナの水浴び」で働きながら、実は創作をやめてはいないない（場面Ⅷ参照）。「没落」してはいないのである。舞台の上空に現れるズザンナの想像の世界は、最後まで活発に現実を観察し続けている。ゼート博士が思うほどどか弱くもナイーブでもないズザンナ（彼女の姓 Serval はアフリカの山猫をさす）は、ゼート博士やマルティンやクランツ夫人たちも、しっかりとまな板に乗せているのである。

没落するのはあくまでもゼート博士であり、博士の代表する孤高の文学者という理想である。全存在をもって芸術家であるということは、現代に生きるズザンナにはできない。冒頭の授賞式ですでに、ズザンナは受賞者という役に違和感を持ち、逃げ出してしまう。人間という存在を一致した全体として考えることが、もう彼女にはできない。「私たちみんな、適当な衣装をつけているだけじゃないのかしら！受賞者の衣装とか！」（場面Ⅰ）いくつもの仮面を付け替えて、くねくねと気楽に生きているマルティンは、ズザンナにとって「新しい可能性」（場面Ⅳ）を示すものである。ズザンナは後でバーに座って、ゼート博士に最近読んだ本のことを話しながら、その女主人公のことをこう表現する。「彼女、ちょうど日常に出会うようなひとなの、こう、中途半端な。それがとても素敵。」役にはまりきれない苦しさを訴えていた冒頭のズザンナとは一転して、半分だけの人間をいとおしむ気持ちにあふれている。マルティンの住む半端な世界に飛び出して、ズザンナは息を吹き返している。こうして的当て小屋でずぶ濡れになって見せたり、美大でモデルになったりして、生き抜いていく現代作家の状況を、ただ絶望的と見るか、それはそれで面白いと見るか。それによって、『文学盲者たち』の面白さも変わってくる。ゼート博士の視線で「没落」を見ている初演の劇評が、あまり芳しくないのは当然かもしれない。

ところで、この戯曲には直接話の筋にはかかわらない主要人物がもうひとり登場する。文学好きの女警部「バルテンスベルガー」である。彼女も最初から、女警部という職業のドラマチックなイメージに比べて、実際の自分が「ひとまわり小さい」ことに違和感を感じている。しかしズザンナとは違って、警部はとっくに諦めて、ひとまわり小さい存在に、始めからでん、と居直っている感じがする。最後の場面、食べ物に埋まって気絶している理想家ゼート博士の横で、中途半端な現実を嘆きながらもむしゃむしゃとケーキを食べる女警部。体の芯まで犯罪者そのものである派手な弟フリッツが（実際には登場もせずに）消えたあと、残るのは半端な姉ひとり。しかし、現実を代表するようなこの女警部こそ、この戯曲中で最も個性的で魅力的で、そしてチョッケらしい人物だと訳者には思われるのだが、どうだろうか。

著者

マティアス・チョッケ（Matthias Zschokke）
1954 年ベルン生まれ。俳優を経て作家、映画監督となる。ベルリン在住。小説に『マックス』（1982 年）、『雌鶏をかかえたモーリス』（2006 年）、戯曲に海賊の物語『悪党たち』（1986 年）、映画『エドヴィゲ・スキミット』（1985 年）。

訳者

高橋文子（たかはし・ふみこ）
一九七〇年、横浜生まれ。翻訳家。現在ゲーテ・インスティトゥート東京および上智大学非常勤講師。訳書に『クレーの詩』（平凡社、二〇〇四）、『私、フォイアーバッハ』（論創社、二〇〇六）。

ドイツ現代戯曲選30　第十六巻　文学盲者たち
二〇〇六年六月一〇日　初版第一刷印刷　二〇〇六年六月一五日　初版第一刷発行
著者マティアス・チョッケ◉訳者高橋文子◉発行者森下紀夫◉発行所論創社　東京都千代田区神田神保町二－二三　北
井ビル　〒一〇一－〇〇五一　電話〇三－三二六四－五二五四　ファックス〇三－三二六四－五二三二◉振替口座〇〇一六〇－一－
一五五二六六◉ブック・デザイン宗利淳一◉用紙富士川洋紙店◉印刷・製本中央精版印刷◉© 2006 Fumiko Takahashi, printed in
Japan ◉ ISBN4-8460-0602-6

ドイツ現代戯曲選 30

*1
火の顔/マリウス・フォン・マイエンブルク/新野守広訳/本体 1600 円

*2
ブレーメンの自由/ライナー・ヴェルナー・ファスビンダー/渋谷哲也訳/本体 1200 円

*3
ねずみ狩り/ペーター・トゥリーニ/寺尾 格訳/本体 1200 円

*4
エレクトロニック・シティ/ファルク・リヒター/内藤洋子訳/本体 1200 円

*5
私、フォイアーバッハ/タンクレート・ドルスト/高橋文子訳/本体 1400 円

*6
女たち。戦争。悦楽の劇/トーマス・ブラッシュ /四ツ谷亮子訳/本体 1200 円

*7
ノルウェイ.トゥデイ/イーゴル・バウアージーマ/萩原 健訳/本体 1600 円

*8
私たちは眠らない/カトリン・レグラ/植松なつみ訳/本体 1400 円

*9
汝、気にすることなかれ/エルフリーデ・イェリネク/谷川道子訳/本体 1600 円

*10
餌食としての都市/ルネ・ポレシュ/新野守広訳/本体 1200 円

*11
ニーチェ三部作/アイナー・シュレーフ /平田栄一朗訳/本体 1600 円

*12
愛するとき死ぬとき/フリッツ・カーター/浅井晶子訳/本体 1400 円

*13
私たちがたがいをなにも知らなかった時/ペーター・ハントケ/鈴木仁子訳/本体 1200 円

*14
衝動/フランツ・クサーファー・クレッツ/三輪玲子訳/本体 1600 円

*15
自由の国のイフィゲーニエ/フォルカー・ブラウン/中島裕昭訳/本体 1200 円

★印は既刊〔本体価格は既刊本のみ〕

Neue Bühne 30

*16
文学盲者たち/マティアス・チョッケ/高橋文子訳/本体 1600 円

指令/ハイナー・ミュラー/谷川道子訳

前と後/ローラント・シンメルプフェニヒ/大塚 直訳

公園 /ボート・シュトラウス/寺尾 格訳

長靴と靴下/ヘルベルト・アハテルンブッシュ/高橋文子訳

タトゥー/デーア・ローエル/三輪玲子訳

ジェフ・クーンズ/ライナルト・ゲッツ/初見 基訳

バルコニーの情景/ヨーン・フォン・デュッフェル/平田栄一朗訳

すばらしきアルトゥール・シュニッツラー氏の劇作による刺激的なる輪舞/
ヴェルナー・シュヴァープ/寺尾 格訳

ゴミ、都市そして死/ライナー・ヴェルナー・ファスビンダー/渋谷哲也訳

ゴルトベルク変奏曲/ジョージ・タボーリ/新野守広訳

終合唱/ボート・シュトラウス/初見 基訳

座長ブルスコン/トーマス・ベルンハルト/池田信雄訳

レストハウス、あるいは女は皆そうしたもの/エルフリーデ・イェリネク/谷川道子訳

英雄広場/トーマス・ベルンハルト/池田信雄訳

論創社

Marius von Mayenburg Feuergesicht ¶ Rainer Werner Fassbinder Bremer Freiheit ¶ Peter Turrini Rozznjogd/Rattenjagd

¶ Falk Richter Electronic City ¶ Tankred Dorst Ich, Feuerbach ¶ Thomas Brasch Frauen. Krieg. Lustspiel ¶ Igor Bauer-

sima norway.today ¶ Fritz Kater zeit zu lieben zeit zu sterben ¶ Elfriede Jelinek Macht nichts ¶ Peter Handke Die Stunde

da wir nichts voneinander wußten ¶ Einar Schleef Nietzsche Trilogie ¶ Kathrin Röggla wir schlafen nicht ¶ Rainald Goetz

Jeff Koons ¶ Botho Strauß Der Park ¶ Thomas Bernhard Der Theatermacher ¶ René Pollesch Stadt als Beute ¶ Matthias

ドイツ現代戯曲選 ⑯
Neue Bühne

Zschokke Die Alphabeten ¶ Franz Xaver Kroetz Der Drang ¶ John von Düffel Balkonszenen ¶ Heiner Müller Der Auftrag

¶ Herbert Achternbusch Der Stiefel und sein Socken ¶ Volker Braun Iphigenie in Freiheit ¶ Roland Schimmelpfennig

Vorher/Nachher ¶ Botho Strauß Schlußchor ¶ Werner Schwab Der reizende Reigen nach dem Reigen des reizenden

Herrn Arthur Schnitzler ¶ George Tabori Die Goldberg-Variationen ¶ Dea Loher Tätowierung ¶ Thomas Bernhard Hel-

denplatz ¶ Elfriede Jelinek Raststätte oder Sie machens alle ¶ Rainer Werner Fassbinder Der Müll, die Stadt und der Tod